我呸

奶猪 文+图

新星出版社 NEW STAR PRESS

CONTENTS 目 录

01/章　　事故

好像怎么说都不对

带熊总外出就餐，
永盈茶餐厅，也就是侯耀文曾经战斗过的生利茶餐厅。

一坨东北壮男砸场，
全场寂静。
壮男怒吼一声，
熊总跟随怒吼一声。
(这坨不学好的……)
我怒曰：不准闹！再闹打你了！

全场皆惊，
转头。
壮男亦转头。
我解释：我骂的是狗。
(熊总是我家狗狗)

天高任雷劈

某农妇在电视访谈里讲述自己的故事。

有一年，
我在田里干活，
突然下雨打雷，
把我劈倒了，
住了很久医院；

过了几年，
我在田里干活，

靠，
突然又打雷又下雨，
我又被劈倒了，
又住了很久医院；

后来，
我又在田里干活，
突然，
来云了，来风了，来雨了，
又开始打雷了，
我心想：可别劈到我啊。
我就跑，跑着跑着
我就被劈到了。

谨以此文，
纪念我今天凌晨
再次被滚雷
震翻下床。

——鸣谢转述者李海鹏

■ 高调失恋

不是我，
是别人，
结果喝醉的是我。
帮别人等老公电话，
别人失恋帮忙喝醉。

然后

失恋的人一直跟我说：
没事的、没事的，
会好起来的会好起来的！

■ 你以为韩国专栏好骗啊

奶猪：知道李安的多么？
천천히 간다……희라짱 홧팅：多么？
奶猪：知道李安的人多吗？
천천히 간다……희라짱 홧팅："人多"是题目吗？
奶猪：不是，是我在问你问题。

■ 24小时开机能安然无恙地活着吗？

本来我从来不是24小时服务的，
但某人告诉了我一个发生在他身边的关于手机和煤气之间的关系的故事，
虽然中间过程跟他一贯的叙述一样混乱，
但结论是清楚明白的：
我必须24小时开机，
才能安然无恙地活着。

从此我为了24小时活着，
就24小时开机。
结果
是我到现在才能睡，

因为凌晨12点
接到北京的电话。

人格飞（通俗版）

(砸金花的时候，人格飞就是：本来别人的牌牌比你大，但你被别人如虹的气势吓跑了；推而广之，只要你大，但是你被吓走了，都叫人格飞。是人格不健全的表现。)

单位福利
体检做 B 超。
传说这个检查本来应该是 600 元的，
也就是说如果检查了，
我就净赚 600，
报社稿费千字 300 元——
也就是说，
去检查＝写了 2000 字。

检查大厅除了供应医生和器材，
就是供应水和一次性杯杯，
滚水＋塑料杯。

医生一再强调：
要存多多的尿尿，多多的，
而且一定要让尿尿到膀胱，到膀胱。

和 iln、psm 一起猛灌水水。
那两个人不停地说：
有感觉了有感觉了……
到了到了……

临近中午，
医生狂怒，
又赶走了大批没有存够尿尿的膀胱。

我们三个带着还有一线希望的膀胱，
赖在门口，
把守着门口的医生说：
一看你们的脸就知道，没有尿尿。

本来想推选看上去来了最久
喝了最多水水的 iln 的膀胱上去。
如果她的膀胱能照出来，
我们都上。
但她临检怯场，
改成了第二有希望的 psm，
勇敢的 psm 挺膀胱而出。

上床，
躺下，
涂膏，
照，
上去，
擦膏，

没有尿尿。
山崩地裂，
墙倾山倒。

医生一脸奸笑：
看你们脸就知道你们的膀胱没有尿尿，
一看就知道，
切！

我跟 iln 都是人格飞。

下楼，
分析。
iln 说：我肯定人格飞，起码是 10 花的尿尿。
我说：我大概就是一个小对的尿尿吧。
psm 说：那我应该就是一个 A 大吧。

其实上完厕所，
我觉得我至少是个大顺。

还是最爱西门子

其实我的西门子功能是很强大的，
除了不能正常调出电话号码、
接电话的时候经常 SIM 卡出错、
自己关机、
收发短信一般半个小时以上才到、
想把电话号码用红外转到电脑或者其他手机机上的时候红外失灵、
电话号码系统文件出错，丢失大半、
不能跟别的品牌的手机兼容之外，
其他功能一切正常，
比如录音、GPRS 上网、阴历算阳历、阳历算阴历这些基本上不用的强大的商务机功能，
都非常健全。

比起以前那个摩托罗拉自己拨别人电话，
以至于那个男生以为我对他有意，
造成经济和感情损失之外，
简直不知道好到哪里去了。

■ 把我给憋死了

我一直认为这绝对应该写进墨菲定律之中去：你在国内每家电影院看电影，只要超过 10 人，总会有一种人，一般是以男女朋友的形式出现，特点是对电影、历史、宗教、文学、体育、导演、主演、美工、茶水无所不知，而且不惜牺牲看片时间来给旁边的伴侣讲解画面上出现的每一个镜头背后的内容。比如我的一个朋友看《特洛伊》的时候，旁边坐着的男生，就给自己带来的女生讲完了整部《荷马史诗》。我朋友说他唯一能做的，就是祝福这个男生成为诗人，“最好还是瞎了的那种”。

能在 12 点来看《十面埋伏》首映的，除了媒体的、搞影评的、拿了免费票的，大概还有是闲来无聊的和热爱电影的这两种人了。

我相信很多人都是满怀激情来看《十面埋伏》这部大片的，至少是对影片的背景有深厚了解。我旁边的一个女人从走进电影院开始，就一直小鸟依人地靠在老公身上，讲解每一个演员的背景，从章子怡是戏剧学院的是学跳舞出身的，到张艺谋跑到外国种花，都给她老公讲解了一遍。开始我还想用什么样的方式阻止她那和赵忠祥一样和蔼温柔的声音，后来电影实在让我昏昏欲睡，不如干脆听她的解说版。

可惜当她成功地预言了刘德华在《十面埋伏》里依旧是一个“内鬼”之后，她也昏昏欲睡了，让我有种把她叫醒的冲动，刘德华和章子怡的亲热场面，都没让她醒过来。

章子怡和金城武做爱镜头出现的时候，旁边那个女人突然坐了起来，很大声地对她老公说：“那个，就是那个，做一次 150。”全场嘻嘻哈哈的笑声此时也凝固了，她老公明显提高了分贝：“什么做一次 150？”

"就是章子怡啊！"这个女人用非常无辜的声音告诉她老公，这时，连我旁边的朋友都醒了，我分明感受到全场的那种屏气凝神。他老公终于不负众望，带着一丝颤音问出了所有人都想证实的问题："章子怡做一次150？""对啊！"看着章子怡和金城武翻滚之后躺在草地上，我就极度懊恼，为什么电影还不结束，为什么我的博客还是上不去。

没过一分钟，那个女人天真活泼地问她老公："我明天也去做好不好？"之所以十分肯定她说的是"我"而不是"我们"，是因为他老公此时已经把她从怀里拿出来，放到了凳子上让她自己立着。"你去做？你去做什么？你跟谁？"被拿起来的这个女人以为电影要散场了，整了整衣服拢了拢头发："那个眼睫毛啊，就是章子怡做的那个，150一次，我昨天刚好问过的。"

我决定了，谁说国内观众素质不高我跟谁急。

■ 失败

比如发短信讲一个人的坏话，
总是会错发到那个人的手机上。
比如发起群聊郭晶晶怀孕事件，
总是会错把郭晶晶也给加进去。

■ 多功能奶猪

所以我说，
人了解自己的方式，
是经常在google上搜索一下自己：

“因为老板表示船上木板破旧之意，要散架，称‘老板’是不吉利的。养猪、屠猪也有禁忌。云南布朗族采用放养式，母猪产崽时，一般到山谷草丛中产。如猪在家产奶崽，即犯了禁忌，认为是鬼附在了猪上，要杀**奶猪**解灾……”

自幼家贫

小时候班上一个成绩差的男生捡到了 5000 元钱，
回学校交给了老师。
校长都出面表彰他。
当时我就十分生气，
气自己为什么捡不到钱钱交给老师。
一度还想让妈妈拿点钱给我说是捡的……

可惜那时家里没钱。

许多男同志

文革时期，
一坨妇女在单位风流成性，
被领导抓住写检讨，
交代都跟谁发生关系。
妇女如实交代：“我和许多男同志发生过关系。”
领导大怒，
将其一男同事抓起来，
此人姓许，名多男。

事件重演

我的移动硬盘活过来了，
原来世界上有那么多数据恢复的公司。
300 元一坨区，
分区越少，
花费越小。

那坨数据恢复员还给我移动硬盘的时候说：
“你是记者？”
……
“我看到了超女的采访。”
……
“你没有去采访张靓颖吗？”
……
“还有好多明星的电话！”
……

长变了

已经不止一次
上洗手间时，
被清洁工阿姨喝止：嗨，旁边才是男厕。

安息

第一次写花圈挽联，
一边名字下面应该写“安息”，
一边名字下面应该写“敬挽”。

摆出来发现，
“安息”和“敬挽”的人
刚好写反了。

■ 潜规则

某新锐女演员自白：
“……为了能演上戏，我和导演睡觉了……”
后来好事者张小北考证，
她睡的
是动画片导演。

■ 记忆力

领导：你没忘告诉记者做那个题吧？
我：没忘。
领导：你没忘什么时候做版吧？
我：没忘。
领导：那就没问题。
我：问题是——
我忘了记者叫什么名字了。

■ 威尼斯电影节驻中国校对

纪录片导演黄文海新片，
中文名《我们》，
入选威尼斯电影节地平线单元，
英文名为 Wo men。

最后，
这坨片子传回国内，
被翻译成《女人》。

■ “的”字的重要性

被老板说
“你们这些人，也就配买点《圣经故事》”之后，
我决定发愤图强，
上网订购《圣经故事》。

书书很快送到，
翻了几嘴，
总觉得有些异样。
突然发现
买成了《圣经的故事》。

■ 真会说话

第一回合。
我：晚上一起吃饭吧。
他：我在北京。
我：你去北京干吗？
他：你不知道我老婆怀上了吗？
我：啊？谁的？
他：……

第二回合。
我：什么时候生？

他：大概 3 月份。
我：你要当爸爸了哦。
他：嘿嘿，好紧张啊。
我：那，孩子生下来以后，归爸爸还是归妈妈？

■ 别加我msn

一次
某高级主管将电脑连接在全公司大会投影上，
而 msn 未关，
刚好，
我上线。
当时我的 msn 名叫：吹箫员之死。

■ 副作用

以蜗牛当午餐的结果……
哦，
终于回到家了。

■ 巧妙的是
（谨以此诗，献给接手 IBM 含蓝快的联想公司）

我的电脑无线连接一直时断时续，
拿去 IBM 的广州蓝快检修。

1、帮帮忙啦

巧妙的是，
刚刚过保修期。
工程师很鬼宽容：留下来我免费帮你检修。
几个小时之后，
工程师告知：看来只能换主板了，
你刚过保修期，换主板要 3000 元。

巧妙的是，
旁边飘出一坨“客人”
跟蓝快的服务小姐讨论过期续保。

服务小姐：让你续保你不续保，900 元就续保了，现在换个主板要 3000 元。
客人：那我现在续保能行吗？
服务小姐：这个
客人：帮帮忙啦。
服务小姐：那你赶紧续保吧，让总公司知道，我们很难做的。

巧妙的是，
对话完毕，
工程师出现在我身旁，
“让你续保你不续保，900 元就续保了，现在换个主板要 3000 元。”

于是我交了 900 元。

2、公司会怀疑的

巧妙的是，
换了主板，

八卦

奥数之家

无线还是时断时续。

工程师：你先观察一段时间，不行就拿来我再给你检测。

我：你不是说是主板问题吗？

工程师：再观察一下吧……对了，公司会跟你询问检修的结果如何，你就告诉公司，搞好了。

我：但……

工程师：本来就是帮你违规续保，修得太勤公司会怀疑的。

3、消失

巧妙的是，
一个月之后，
无线时断时续，
电脑慢到一瞥。
经常有人在电话里说，我在 msn 上发给你吧，
半个小时之后，丫听见我的 msn 终于响了

巧妙的是，
自己更新了无线网卡驱程，
无线再也没掉了。

巧妙的是，
发现一坨病毒，
专门在卡巴斯基启动前发作，盗取密码。
必须一键恢复重装系统了。

巧妙的是，
一键恢复消失了。

4、我为什么要删你的一键恢复呢？

巧妙的是，
工程师：一键恢复消失有很多原因
我：怎么证明不是你修主板的时候删的呢？
工程师：怎么可能，我为什么要删你的一键恢复呢？
我：那现在怎么解决呢？
工程师：你拿来蓝快吧，200 元就可以帮你重装系统。

巧妙的是，
IBM 投诉中心：我们工程师为什么要删你的一键恢复呢？

■ 预报

坐的士，
听广播：
“未来 24 小时时间内，广州、海口、香港、澳门等地将出现大规模持续性强暴……”
啪，
司机转台。

■ 人气低

高档洗手间，
自动感应器，
伸手，
不出水，

伸手，
不出水，
明明看见一坨女人湿漉漉地出去。

陷阱

某女相亲，
被告知对方长得像梁朝伟，
大喜，
盛装前往，
旋即归来，
郁闷至极，
“原来只有身高像。”

所谓悲剧

无非就是——
等脱毛膏干的时候，
没有洗手，
就去搓头发。

安信达速递

因为要投递的东西不能从正规渠道走，
所以在别人的手机里翻到了这个速递公司的号码。
12 月 23 日投递的，
没想到才 15 元，
而且信誓旦旦地说后天早上就到。

30日左右给我电话说
找不到地方。
把对方的电话号码给了他，
总该到了吧。

1日打了电话给我朋友，
说如果你着急我们就下午送到。
此后连续3天
每天早上都告诉他下午给他送去。

结果到了今天，
告诉我有一个工作人员离职了。

问：我的东西是不是跟那人一起离职了？
答:30日就已经送往赛特商城了,是另外一个人签收的。
靠!

■ 安信达速递去死

我500多元的货被送丢了。
对方第一天自己说照货价的3倍赔偿，
现在却说是按运费的3倍赔偿，
也就是45元。
看在我情况特殊的分上，
决定照公司最高标准200元给我。
还说，
他们接一单货就15元，
还要赔那么多，
简直亏死了。

今天跟被速递的人通了话，
速递公司每天早晨给他打个电话，
问他跟我是什么关系。
问他知道我给他递什么东西吗。
还兴致勃勃地告诉他，
他知道送给他的是什么，
现在这个东西已经被用掉了。

■ 明珠台去死

转播到奥斯卡最佳男配角
就开始卖丰胸霜了。

■ 哈4

其实 Harry Potter 好惨，
每坨叫他姓氏的人
都喜欢大惊小怪，
把 P 那坨爆破音
发得他满脸口水。

■ 过日子，要的就是精打细算

吾友 H
买新房，
打破统一装修，
自行购置建材，

欲装成康师傅。

一日，
携妻买大理石地砖，
两坨理科生精打细算：
当日运到需自缴 300 元，
自己打车车仅需 30 元。

而且，
50 坨地砖而已

叫停的士，
主动打开后盖箱，
1 坨、2 坨……
23 坨——
砰！
夏利胎爆！

丫们忘了，
每坨地砖，
大理石地砖
其实有 15 斤。

■ 办公室被盗

一坨男人，
疑似贼，
被办公室主任拖进办公室，
并找来身强力壮且健在滴同事把守门口。

第一回合。

主任：你来找谁？

男人：《南瓜泡沫》。

主任：《南瓜泡沫》的谁？

男人：你看了今天的《南瓜泡沫》没？

主任：没有。

男人：那你还有空站在这里问我？

第二回合。

办公室主任找来保安，

男人冲着门口围观的人群挥挥手：

“保安都来了，

你们都走吧，

下班时间也到了，

别在这里瞎站着。”

第三回合。

保安：把身份证拿出来。

男人：你是谁？

保安：我是这里的保安。

男人：听口音是湖北人吧。

保安：不是。

男人：我凭什么相信你是保安？

主任：人家穿着保安服呢，怎么不是保安？

男人：把身份证拿出来。

第四回合。

男人坐在座位上拨电话，

被保安制止。

保安：谁让你随便用电话的？

男人：这是你的电话吗？

保安：这就是我的电话。
男人站起来
挪到另一坨座位上，
拿起电话：
“那这坨肯定不是你的了吧？”

第五回合。
据说，
这坨男人
当时从无人的办公室里
抱起一坨东西就跑而被抓住的。
当时他抱起的东西，
是一箱砂糖橘。

■ 租房

某女
初到北京。
租房房。
房东：你在哪里工作？
某女：网站，sohu 网。
房东：你刚才说你……姓张？
某女：对。
房东：莫非……你就是……张朝阳？

■ 周日惊魂

手脚突然不能动弹，

像被人抽去了骨头，
又像是鬼上身。

瘫在地上，
眼睁睁看着一坨小偷，
把邻居砍成蚯蚓，
装在筐筐里。

以后再也不把头枕着手臂，
爬在桌上睡觉了。

■ 对抗迪斯尼

海洋公园
浮动地铁广告：
“到海洋公园，
你将可以成为海狮、海豹、大熊猫……”
广告翻页，
“……的喂养员。”

■ 推销员之死

电影院，
一坨男人手持百元
趴在票房窗口，
苦苦哀求售票员讲解
《雾都孤儿》到底讲的是什么。
小姐不胜其烦：“讲孤儿的。”

我爱心爆棚，
插嘴讲解，
男人转头问我：
“真的？真是狄更斯的？”
是。
“我最喜欢狄更斯的小说了！！”
哦。
男人终下决心：
“小姐，拿两张《南极大冒险》的票。”

■ 中指

中指被夹伤的好处
就是，
跟别人说话的时候，
可以理所当然地竖起中指。

■ 语法

陌生来电，
女。
对方声音微颤，呼吸均匀：
喂……
我是奶猪吗？

含泪吁请有关部门
加强韩国翻译的汉语语法教育。
谢谢！

■ 全……肝病中

报社旁边霓虹灯
半年以来都是
“全军肝病中”。
今日路过，
发现
后面那坨不亮的“心”
终于修好了。
但，
似乎又变成了
“全车肝病中心”。

无独有偶
旁边新添了坨“工车总医院”。
光阴荏苒，时光易逝。
十多天前
记得这里还是“空军总医院”。

■ 禁令

采访刚刚结束，
禁令旋即传到。
总结为“四不发”：
1．他说过的不准发；
2．他没说过的不准发；
3．我的提问不准发；
4．我没提问的不准发。

买房

辛苦了大半辈子，
终于在北京郊区买套房子，
收楼那天，
我流着泪用颤抖的手掏出手机准备告诉家里人，
突然收到一条新短信：河北移动欢迎你！

——得自本报财务

你说我该怎么办

睡梦中，
被电话吵醒，
杨丽娟带着哭腔："一个男的，还有一个女的，不停给我打电话……简直就是两个神经病……你说我该怎么办啊……"

以后我姓"扫"，名"把星"

1.

我：1月19日，北京八一剧场，
南瓜泡沫原创文化颁奖礼，
想邀请你参加。
许鞍华：好啊。

一个星期之后
在地铁里摔倒，
骨折。

2.
某陈姓演员：好啊。
2 天之后
人在美国，
护照丢了。

3.
某影评人：好啊。
5 天之后
他是完整的，
通行证也在，
上帝保佑

只是跟他一起剪片子的人，
手坏了。

■ 《集结号》

邻座女人：主演是谁？
邻座男人：（指着字幕表）张涵矛。

■ 学汉字

北京哈根达斯总店，
穿越安全门去洗手间，
拉着门把，
往左，不开；
往右，不开；

再往左，
还是拉不开。
服务生体贴上前，
指着门把上白底黑字，
一字一顿地说："推——"

■ 大字

1.
买了一棵椰子树，
花盆底座上书四坨大字：
"请勿食用"。

2.
致电清洁工做家政，
再次遭拒，
电话里幽幽地说出五坨大字：
"我还在度假。"

■ 电影教材

《恋爱中的宝贝》教我不要担心没男朋友。
其实失业、没固定工作
都可以让你被个好男人捡起来养，
中国的治安真好。

《大城小事》教我租个旧点儿的房，也可以自己粉刷，
只是不知道未来的房东是否同意我将房子刷成粉红色，
但为什么他们租房都那么顺利，

黎明就能在王菲家对面找到？

看完《大城小事》，
大家无限伤感。
偏好我唱起了唯一还能找到调的《心语星愿》，
唱得某人右眼的隐形眼镜找不到了。
以为是一阵风吹过，隐形眼镜伤心了，拖着钉耙走了。
结果半个小时之后，
我们坐在咸蛋超人消夜，
居然从眼角里扒出了卷在一起的隐形眼镜。
掏出来分开，
继续戴上。

■ 电脑灵异事件

4月1日去文华酒店，
看见最多的镜头就是对着照相机做剪刀手
说茄子。

摄影记者说下午去文华酒店里面的时候
拿了张国荣宣传册。
还有一张印有张国荣的贴纸粘在我门上，
我说好啊，
晚上张国荣来找我，
正好专访。
该记者面容失色。

晚上写稿，
笔记本本突然黑屏，
至今无法起死回生，

手机充电器也崩溃。

原来张国荣去上面改作科技人员了。

■ 试验

Spf130 防晒，
游泳衣防晒，
拖鞋带带防晒。

试验结果：
晒成花蟹。

■ 韩乔生到此一游

早上被热醒。
空调没电，
饮水机没电，
电筒没电，
手表没电，
手机也没电了，
幸亏睡觉之前才充了一块新的。
顺手一拿，
充电器上空空如也。

谁偷了我的电池，
还偷了我家的电？

拔下充电器，

插线板上一团乌黑，
侧头，
发现手机机电池蹦出充电器 5 公分开外。

睡下离醒来不过 3 个小时。

早知道……

早知道……

我要睡觉前做韩乔生的时候，
坚决不加上他说自己“大脑进水，思维短路”了。

■ 终于知道老人为什么说，晴带雨伞了

暴雨临盆，
没有带伞，
躲到屋檐下。
一坨老鼠
在我后面，
来不及从暴雨中蹿到屋檐下。
当场被雨点
打死！

■ 超粗黑

安蓝牙，
发现木马。

杀木马，
发现诺顿过期。

装新诺顿，
就必须换系统。

装了系统，
发现没有上网驱动。

维修工把机器抱回家红外了一个驱动，
发现装好的系统版本太旧，无法下载新程序。
新买一堆系统，
装好，终于可以上网网了。

结果
东兴南停电。
整个 ADSL 服务器都不能用。
对于能在一个晚上遇到 16 把奖金，
并且从 3A 开始连续 5 把，
并且没有一把是自己的，
人来说，
都是浮云，都是浮云。

■ 闹鬼就是挺费电的

真的，
就是我家。
连续两天
第一天回家，
空调“自己”打开了，

不过还挺凉快。
今天回家
电视和 DVD“自己”打开了。
门窗紧锁，
楼下保安健在。

电梯

世界上最尴尬的地方莫过于电梯，
比电梯更尴尬的就是在电梯里遇到很生的熟人。
此时很生的那个熟人绝对会跟您丫说话，
又找不到话。
看你手里提着一堆东西：“才买了东西啊。”
看你拿着版样：“作版啊。”
看你按几楼：“你去 × 楼啊。”
看你出电梯：“出去啊。”

好长一日，
与某很熟男共乘电梯，
无语。
角落一女。
电梯门要关上的时候
另一女挤进电梯。
先谁也不冲地说谢谢谢谢，
转头，
见到另女，
曰：“哎呀，好久不见了，气色越来越好了。”
对曰：“今天你也穿得好漂亮啊。”
“去哪啊？”
“上 ×× 去一下。”

“哦，真好。”

沉寂一阵，
后进女曰：“最近 AC 还好吗？”
角落女迟疑一会儿，开朗地笑起来：“我就是 AC。”

“是吗？哈哈！我到了。”
“下次见。”

02／章　　好 紧 张

■ 真心话

疑似小偷，
试图开我家门锁，
被监控录像擒获。

疑似小偷喊冤：我真没想偷你家，我是要去偷26楼的。

附：

据了解，
有人曾披露过一些小偷的特殊暗号，
例如1个叉形符号表示“计划行动”，
5个小椭圆形组合表示“这家很有钱”，
而波浪线则表示“家有看门狗”等。

我这就去门口画波浪线～～

■ 讲卫生

妈妈：你们年轻人是不是那个的时候都要口交？
我：好像是吧
妈妈：你说，让我怎么敢跟你们同桌吃饭？

■ 江湖太险恶了

我有一个同事，
一生品性端庄，
刚正不阿，

仗义疏财，
容不下一个沙眼，
此生名言：
“张国荣这孩子，歌唱得这么好，可惜是个同性恋。”

去香港港拍摄《达明特刊》
拍完林奕华以后，
感慨：
“他的镜头感真好。”
被人随手一句“当然了，同性恋一般镜头感都很好的”
吓了一个踉跄：“不会吧，你怎么不早告诉我，要知道他是同性恋，我根本不敢看他。”

“你知道我们才拍完的林夕也是同性恋么？”
“你知道昨天我们拍的迈克、林一峰，前天拍的周耀辉、张叔平都是同志么？”
“你知道你这次来拍的都是同性恋么？”
“你知道这次做的达明专辑，黄耀明也是同性恋吗？”

■ 刺激

丽江花园丽波楼正对出来的马路里
嵌着一个红中的麻将，
我友 Howie 马上准备掏出才借的 canonXL-1 拍下来。
说大约只有和了大四喜的人，
才有如此功力将麻将陷入水泥里。

汇美新城还是汇景新城，
反正就是 Howie 中了彩票之后才能买得起的房子。
带着扑通扑通的小心肝进去问价，

售楼小姐连“你好”和“欢迎下次光临”都没说。
好不容易知道300平方是这里的最小房子。
一万二千一个平方
于是两人都买了广州第一张彩票
南粤风采，
而且即使中了头奖500万
还差160万。

■ 好紧张

就要笔试了。

1. 驾驶人的下面哪种做法是不对的：
   A. 清洗车辆时，把车辆里的垃圾扔到道路上
   B. 把清洗的垃圾整理好放入垃圾桶
   C. 把清洗的垃圾整理好放入允许堆垃圾放垃圾之处

2. 驾驶人在驾驶过程中，想吐痰时，可以：
   A. 可以通过车窗吐到道路上
   B. 吐到随身携带的废纸中，停车后扔入垃圾箱

3. 车辆行驶过程中，驾驶人和车内的乘车人应当把废纸和其他废弃物：
   A. 扔到路上
   B. 扔到随车携带的垃圾箱或等车辆停止后扔到道路两旁的垃圾箱
   C. 扔到无人看管的道路上

4. 驾驶人之间应该
   A. 可以相互贬低

B. 可以比赛“英雄车”
C. 互相学习、互相帮助、取长补短、安全行驶

5. 当发现其他驾驶人的车辆有隐患时，应该：
A. 不告诉对方
B. 即时提醒对方，防止事故发生
C. 与自己无关

6. 当与其他人员发生争执时
A. 进行谩骂
B. 耐性分辩，不要把情绪带到驾车中去
C. 开赌气车

7. 当其他人员行驶路线不正确时，应该：
A. 不提醒
B. 与自己无关，不作任何提醒
C. 及时提醒，耐心解释

好期待，《青红》到底讲啥的？

“骗不了人就真诚一点。
电影《青红》因此而获奖！
大飞扬公元 2005 年 6 月 4 日全面试业！
正佳影城、天河城影城欢迎您！（飞扬影城）”

广州新鸡场今日试飞

的士也试飞，
硕大的白云鸡场

不高兴

没头脑

没有一辆空心的士。
精壮的汉子
都被派到这里帮忙抢的士了。

■ 写稿前

剪了手指甲脚趾甲，
做了面膜，
夹了眉毛，
还洗了一个澡，
把床单换了花生剥了。
目前眼睛所及的地方
全晃悠过很多圈了，
已经没有可以让我有借口起身做的家务事了。

这个状态从昨晚开始零星持续到了今天，
一篇稿子还是没有写完，
这是我聊起来很顺的一篇稿，
可就是不会写字了。

日报害人啊！

■ 夜深了，一丝忧虑缓缓袭来

夜深了，我依旧在赶稿，
突然好担心蜘蛛侠的命运——
如果哪天他沦落到了这里，
行侠仗义没有时间送盒饭，
租个房子还是交不起房租。

在美国他至少可以隔三差五地把自己的照片卖个 300 美元，
在中国
哪家报社舍得花大价钱来买相片呢?

靠，还是把空调开到“经济”模式吧。

■ 幸亏

小曾转过头来问我 :
如果让蜘蛛侠到荔湾广场，
面对那些低矮的平房和骑楼，
他怎么飞呢?

03/章　　毛 话 说

■ 对，曾志伟的曾

中国电影百年，
采访见报率很高的京剧大师、
中国第一坨电影明星
谭鑫培
的后人。

“一只小蜜蜂啊，飞到花丛中啊”的彩铃划过耳际，
其第五代孙子
按下了划时代意义的接听键：
“哦，这个啊，你找我爸爸吧？”
你爸爸怎么称呼？
“tan xiao zeng，谭鑫培的谭，孝顺的孝，
zeng……”
“是曾国藩的曾？”
“对，曾志伟的曾。”

■ 元宵节，包好了饺子，要不要给你留一碗？

让·雷诺来华
主持人几次要其吃元宵
推托不掉
塞了一坨在嘴嘴里，
没被毒死；
决定再食一坨，
问主持人：“里面包的是巧克力吗？”

预知详情——

Mac：唉，我们做演播室老整这个。上次苏菲·玛索来赶上中秋，非要人家吃月饼。

奶猪：毒死一坨算一坨。

Mac：下次谁来一定要躲着吃的节，什么5月节啊，冬至啊……

奶猪：清明节啊……

买楼归来

妈妈：我还从没住过那么高呢。

我：你也该享享福了。

妈妈：你确定，打雷的时候不会打到我们吗？

你们说的吃在成都

妈妈：想吃点什么？

我：什么都不想吃。

妈妈：吃不吃鸡？

我：不。

妈妈：那吃点饺子？

我：不，我什么都吃不下了。

妈妈：哦……那就吃点牛肉粉。

又果然回归了

香港人：今晚家里出了事。

我：严重么？

香港人：弟弟的老婆流产了，胎盘留在了肚子里。
我：（顺嘴关心）要不要帮你在内地找医生？
香港人：（半晌）你是说……
帮我卖胎盘吗？

■ 标准死穷鬼

凡爆炸场面必闪回三次，
凡动作场面必重放三次，
凡高潮场景必慢镜前推，
凡巴掌必重复扇三次。

——看二手《大汗天子》有感

■ 你的手机

饭局，
两人初次见面，
言谈甚欢，
相见恨晚。
结束时，
A 一脸阳光：能把你的手机给我吗？
B 为难良久：那……我用什么？

■ 就是他们来解说北京奥运

“1992 年，
我跟人家说我是练花样游泳的，

人家说，哦，搞游泳的；
现在，
我跟人家说我是练花样游泳的，
人家说，你们会在水里呼吸吗？
我就可以告诉他们，我们没有鳃，我们不会在水里呼吸。
我想，这就是进步吧。”

——中央5套《谁将解说北京奥运》，一坨未来奥运的女解说员，在用实例讲解，我国蓬勃发展的全民体育事业。

■ 专访

同题问答：改革开放30年的音乐，你会怎么做？

答：我觉得，有一个很重要的人，媒体都没有采访到。
问：谁？
答：邓丽君。

问：那你……准备怎么采访？
答：找到她。
问：……
答：跟她说，是要给《南方周末》做这个专访。

■ 烧男烧女都一样

成都，
清明，
烧纸最后一天。

顾客：老板，还有没有超女？
老板：只剩最后几个快男了，要不要？
顾客欲走，
老板上前拦截：烧男烧女都一样嘛。

■ 趁热

日本料理店，
鱼生上毕，
服务员亲切体贴滴说：趁热吃吧。

■ 节日快乐

消息人士透露，××× 快不行了。

我：听说 ××× 快不行了，你去跟踪一下吧。
记者：我难道直接问他家属是不是快死了？
我：你可以问问病情，然后祝对方节日快乐
记者：你是说，祝他清明节快乐？

谁让你们把清明节也搞成了一坨节日？

■ 日记

1. 横滨艺术三年展，
各参展国分别邀请一坨媒体。
每次集体活动

一坨好鬼明显的三八线：
美国、英国、法国记者在这边，
印度、马来西亚、韩国记者在那边，
两边的记者都诚邀我来加盟。
中国果然又强大起来了。

2. 据说
靖国神社，
是中国人到东京参观最多的地方。
游就馆（靖国神社博物馆）
出口处游客留言薄，
第二行，
中文简体，
上书两坨字：感动。

■ 绵阳宾馆

绵阳市，所有酒店爆满，
最后一坨希望：
绵阳宾馆。

问：你们还有房吗？
答：有。
问：有电吗？
答：有。
问：……网络呢？
答：有。
问：太好了……你们的具体地址是在？
答：成都。

■ 请速打扰

长沙，
四星金蕙锦江大酒店。

咚咚咚！
“谁？”
“服务生。”
“不是贴了请勿打扰吗？”
“哦，我就是问问什么时候可以打扰。”

■ 《销售主任》后遗症

广州车展，
某国产主管反复警告接待员：
“在报社，主任真的是很大的官。”

■ 外国也有主旋律

冷战期间，
中情局需要一坨激起人们反共情绪的影片，
他们看上了英国作家乔治·奥威尔的《动物农庄》。
1950 年，
乔治·奥威尔死后不久，
中央情报局派霍华德·亨特去英国跟其遗孀商谈将《动物农庄》改编成电影。
(这坨亨特也是“水门事件”的当事人之一。)
亨特顺利地从奥威尔的遗孀那里拿到了电影版权许可，
条件是组织一次饭局，

让这坨遗孀和偶像克拉克·盖博见面。

又到北京

机场的士司机热情洋溢，
居然没骂我打车只到东边。
微笑着说：小妹妹，你是当演员的吧？
我亦微笑：不是。
司机：那怎么穿得怪里怪气的。

表扬

在上海，
打车，
下车付钱，司机丫转头真诚地对我说：
“小姐，你的中国话说得真好。”
我：“哦，谢谢，还以为我只是长得像。”

唯心主义

找道士算黄道吉日。

我：一定要在清明后吗？
道士：嗯，算过了，清明前没有好时间。
我：不是说清明后不能下葬吗？
道士：不能信那个，那都是唯心主义的说法。

■ 人体海绵

淋浴之后，
惊觉，
地上没有任何水印。

——谨以此纪念广州创历史干燥纪录

■ 噎人选

约某大牌采访，
初定 2 小时。
助手冷笑：只要你能问得下去。

采访 20 分钟后——
某大牌：你准备做多大的文章啊？
我：看采的内容而定。
某大牌：我的文章是单独出来吗？
我：看采的内容而定。
某大牌：我跟你讲了 3 个故事了。
我：我们还是想做得充分点
某大牌：整理出来有 3000 字了，够你们一个版了，你先发了这个再说吧。
我：……我发不了 3000 字，要不要退你 15 分钟？

■ 抢当雷锋

司机：没零钱，差你 1 元。
我：我有零钱，把 100 给我吧。

司机：没关系，不用了，还是差你 1 元吧。

■ 康熙按摩来了

保健中心门口。
顾客：请问你们这里是盲人按摩吗?
接待：呃……
　　近视的行不行?

■ 以后坚决不去越南了

GF 闻讯我在吃路边摊，
旋即发了短信，
高度赞扬我终于开始吃老百姓吃的东西了。

正值此时，
我的饭饭刹那间端了上来。
老百姓们多幸福，
想啥时候吃，
就啥时候吃。

一个托盘，
上面有饭饭汤汤和菜菜，
我小心翼翼地将所有东西从托盘中取出，
服务生——哦——确切点是服务女人。
上前告诉我：
“你可以就在托盘里吃，不用拿出来。”
多好的人啊，
怕汤汤烫着我。

这个雕塑的名字是不是叫：一砣成功男人的背后，总有另一砣男人？

抑郁期

我冲她相视微笑：没关系。
当我还剩一包纸巾没有拿出来的时候服务女人走到我身边，说：
“你就在托盘里吃，不用拿出来的。”
中国的语言多么博大精深，
但应该不是这些在中国开越南餐厅的人能体会的。
正想对她说感谢她的好意时此女大声地说：
“你就在托盘吃不行啊。”
遂将我辛辛苦苦端出来的汤汤拖回托盘，
边拖边说：“待会儿弄得满桌都是脏的。”

■ 分寸得当

问：“黄金甲”里人像麦子一样被砍倒，
尸体如山，
它的社会意义在哪里呢？
这是对古代题材的宽松，
还是对大片导演的宽松？

局长：只是客观背景的不同，
没有大小导演之分。
张艺谋的《十面埋伏》章子怡最后被扎冒血，
我们觉得时间太长了，
也剪了，
修改那个镜头据说花了很多钱，
那是大导演。
“黄金甲”我们没有让它出现屠杀的过程，
你说连一堆一堆的尸体也不让他展示，
我觉得不尽合理，
我们看到成千上万的战争片不都是一堆一堆的

尸体吗？
无论是发生在古代、近代还是当代，
只要在战争的背景下不都是这样吗？
我们限制了“黄金甲”杀戮的过程，
我觉得这个分寸把握得当。

谁说我们看不到灾区的温情？

某灾区指挥部。

我：你以前是负责什么的？
指挥官：计划生育。
我：你的孩子在地震中没事吧？
指挥官：幸亏两个孩子都在国外读书，老大在美国，老二在新西兰。

好吧，
我也觉得自己的提问有些许跳跃之处。

不嫁蝙蝠侠嫁谁？

1. 比超人年轻
2. 比猪猪侠有钱
3. 没有特异功能，不用担心丫晚上觉觉的时候吐丝丝
4. 玩装备，而且心灵手巧会自己做蝙蝠侠章，在连超人特工队家族都有专业服装设计师的今天
5. 体健貌端，不像个别身残志坚显年轻的夜盲侠

谁想拍gay片

献上一坨 gay 片名：
《精益求精》

搬家公司

我：请问是搬家公司吗？
对方：是。
我：从五羊新城搬到五羊新城，要一个大车，多少钱？
对方：还要开车来？
我：除非你的工人愿意抱着电视走过去。
对方：还要工人？
我：……请问你是搬家公司吗？
对方：是啊，我们是博客搬家公司。

斗地主

晴朗：这是我买的第一套房房。
奶猪：骗人。
晴朗：没骗你，我是说这个月。

动物世界

每年春节，
打开央视，
总能进一步认识一种家常动物，

今年是鸡，
在游泳。

■ 注意事项

某报，春节前发出六点注意事项。
……
第六点：春节期间，编辑记者不要从事卖淫嫖娼活动。
……

■ 回家

总是出差，
时空交错，
一时有些恍惚。
逛街，
听见不远处熟悉滴声音：抢包了！
才从梦中苏醒：嗯，是在广州了。

■ 生死时速

跳上出租车，
只说了一句话："跟着前面那跎车。"
好刺激！

司机顿时兴奋，
左转右躲，
企图不让对方在车流密集的高速路上，

创作

什么叫自觉

巴黎老佛爷百货，嗯哼，我也一直在想，万一东西掉下去了怎么捡呢

十八层地狱

发现我们这坨普通的的士。
好刺激！

司机还进行技术分析：
偶尔超到前面去，
偶尔落到几坨车后面，
好刺激！

但我觉得最刺激的，
莫过于，
我一直都知道被跟踪者要去哪里。

新增的世界观

不参加学术论坛，
不知道世上衣服的颜色居然可以如此黯淡；
不跟专家学者聊天，
不知道时间原来可以过得这么慢。

通缉

我 msn 上有 133 个人。

1. 十年树木，百年树袋熊
2. 鱼和胸罩不可兼得
3. 别说吃你几个烂西瓜，老子在城里吃冬瓜都不要钱
4. 爬上奔驰的骏马，像骑上飞快的火车
5. 老鼠上了猫
6. 少年包工头

7. 拿什么拯救你的爱人

8. 拿什么拯救你和我的爱人

9. 你拿什么拯救我，爱人

10. 拿什么拯救你，我的大兵瑞恩

11. 是你让我明白爱情这东西，四个字：冷酷到底！我宁愿你冷酷到底，也不愿再伤心一次。你应该在车底，我应该在车里，让我开车压死你！

12. 千斤拨四两

13. 化腐朽为绵掌

14. 牛不群

15. 马无季

16. 善思而李（因为我叫李善思）

17. 基努·李善思（还是因为我叫李善思）

18. 给我一个支点，我可以撑起地球仪

19. 悄悄地进庄，打飞机的不要

20. 人过留名，雁过留声机

21. 常在河边走，哪能不诗人？

22. 考拉是条狗

23. 卡拉是条 ok

24. 爱护环境，人人有病

25. 千里送鹅毛，纯粹是傻逼

26. 我是天蝎，我是你爹

27. 谁再用我心爱的土琵琶，弹着一曲东风破

28. 刀是什么样的刀，金丝大环刀；剑是什么样的剑，闭月羞光剑……人是什么样的人，飞檐走壁的人，美女爱英雄

29. 内行看门道，外行看老道

30. 内行看门道，外行看人行道

31. 内练一口气，外练一口屁

32. 起来，不愿坐着的人们

33. 哈里波霸

保暖

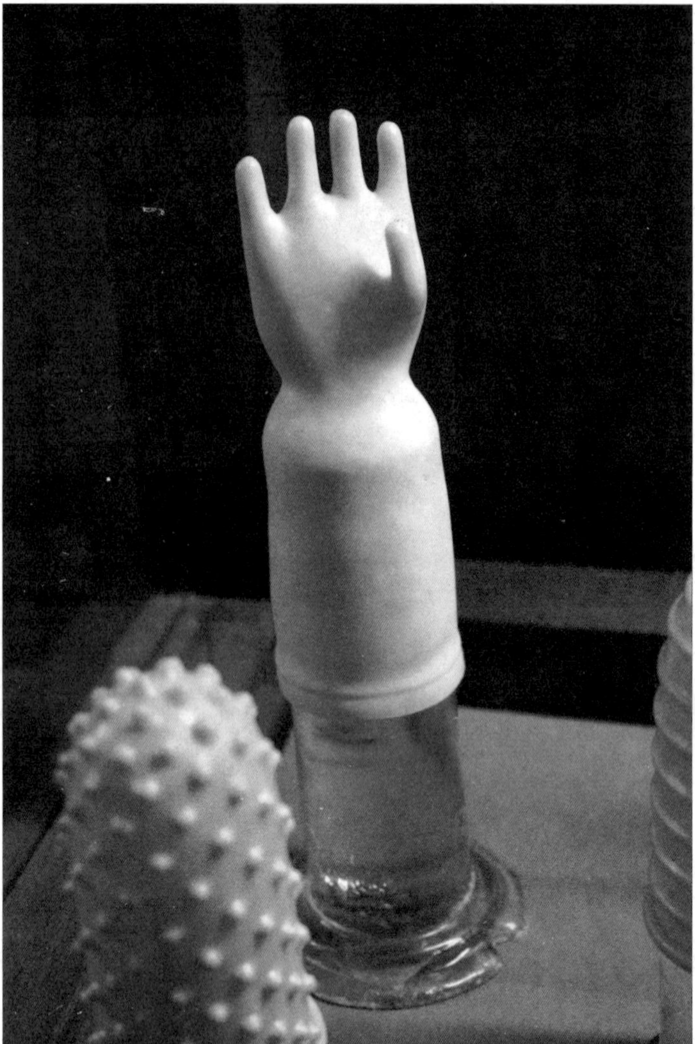

希望工程

34. 太平间公主

35. 只羡鸳鸯不献血

36. 早知今日，何必当鸡

37. 穷人的孩子早出家

38. 敢笑黄安不丈夫

39. 吃的是草，挤出来的是青春痘

40. 绞尽乳汁

41. 中暑山庄

42. 降龙罗宾汉

43. 车到山前是死路

44. 塞翁失身，焉知非福

45. 一顺到底才叫床

46. 我拿什么整死你，我的爱人

47. 成吉思春

48. 动力火锅

48. 阴道小丸子

50. 善解人衣

51. 做贼肾虚

52. 米老鼠和刘老根

53. 肾虚道长

54. 射鲸英雄传

55. 神鲸大侠

56. 路边野花不要，踩！

57. 常在河边走，哪能不失足

58. 伟大的大伟

59. 大能猫

60. 小白免

61. 大灰很

62. 武大娘

63. 天涯何处无芳草，还是母乳喂养好

64. 少年包青蛙

65. 爱新觉罗·释迦牟尼
66. 外婆家的铜锣湾
67. 时间就是生病
68. 一针溅血
69. 狗只能生狗
70. 别人笑我太疯癫，我笑他人太风趣
71. 我们都是神枪手，没一个子弹消灭一个战友
72. 此地无银三百两，隔壁王家卫曾偷
73. 唐伯虎点电视
74. 其实不想走，其实想坐车
75. 我是契丹人，我不姓樵，我姓萧，我叫萧安山
76. 听张国荣讲鬼故事
77. 我姓病，病尉迟
78. 名不正则言承旭
79. 清明上坟图
80. 我妹有钱，我不要脸
81. 大哥，我是你叔叔
82. 流星，蝴蝶，结
83. 圆月豌豆
84. 当年的逗泥湾，到处是荒山
85. 五四爱国运动会
86. 四个字：坚持到底哦~~
87. 爱在戏院前
88. 三十六计，西游计
89. 我妈升了，我爸上调了
90. cctv 果冻爽
91. 黔驴妓院
92. 黄色娘子军
93. 有钱的捧个钱场，没钱的捧个火葬场
94. 在这个大喜的日子里，我们感到万分悲痛
95. 要命没有，要钱有一条

96. 你妹发骚

97. 都来发烧拉稀

98. 来瓶 82 年的矿泉水

99. 别拿 83 年的 XO 糊弄我，来瓶今年的

100. 九九一十八

101. 人，最宝贵的是生病

102. 我什么都有，就是没钱

103. 男生进女厕，心情多快乐

104. 少年不流氓，发育不正常

105. 别人笑我太疯癫，我笑他人太正经

106. 我就站在布拉格黄昏的火葬场

107. 我永远做不到你永远硬不了，永远硬不了

108. 相声是一门人体艺术，讲究坑、蒙、拐、骗

109. 嘿，蛋炒饭

110. 春天花开会

111. 我在马路边丢了一分钱

112. 我要回唐山

113. 以前我长发飘逸，跟贝多芬似的，就是被你摸的，摸成了齐达内，你还摸，想把我摸成罗纳尔多啊你，好好好，你摸吧，你就是把我摸成光头裁判克里纳我也不说你了。

114. 出学留国

115. 寡妇门前趣多多

116. 独脚戏

117. 可爱的蓝精神病

118. 这个字念“瓿”

119. 一千块一夜

120. 黑洲非人

121. 何仙姑倒拔垂杨柳

122. 生于忧患，死于安而乐也。

123. 画足添蛇

124. 卡拉是调料
125. 鲁智深三打白骨精
126. 农夫三拳
127. 还记得年少时的猛犸
128. 九千九百九十九朵煤气罐
129. 新婚之夜，查里一世
130. 我有一只小小鸟
131. 夜阑卧听风吹雨，星矢冰河入梦来
132. 风声雨声黄秋声，声声入耳；国事家事少林寺，寺寺关心
133. 我这个人有人气，还有脚气

服务员儿

高档餐厅。
包房。
拼酒中。
客人甲：小姐，我的酒没了。
服务员：哦，那就好好吃菜吧。

包月

幼儿园尿床屡禁不止。
老师："从今天开始，尿床一次罚款 5 元、两次 10 元、三次 15 元……"
半晌，
某人小孩举右手："老师……包月多少钱？"

考智力

空间大师

显灵

惊喜・善
据说在柏林，在任何公共场所曝光的地方涂鸦，都是合法的

真相

兼职

图示

运动

他最大的遗憾是玩不了十、十五、二十的游戏了

一目了然的点击率

猜测是人类最大的心魔——心灵鸡汤是不是最容易做的菜?

典型的种族歧视

■ 卧床不起

为了中国奥斯卡之称的华语电影传媒大奖，
我从早上 10 点开始接手机机
挂手机机，
就没有哪怕 2 分钟空闲时间
能让我把套头的衣服穿上。
这不是逼我去买开衫吗？

■ 体贴

“你看什么时候跟你采访比较方便？”
“你们这些年轻人，早了估计也起不来。”
“惭愧惭愧。”
“明早你也多睡会儿，8 点钟来找我吧。”

■ 西餐

广州最贵楼盘对面的西餐厅。
顾客：你这里的招牌是什么？
服务员：等等，我去找找。
几分钟后。
服务员：炒饭……扬州炒饭。

■ 同性恋国歌

关锦鹏说的：
《你怎么舍得我难过》，

在同性恋圈子里相当于国歌。
他的无名指戴着戒指，
我一直试图弄清楚是跟谁的。

■ 带着激动的眼皮看完了奥斯卡转播

西恩·潘上台的时候，
全场起立。
早知道我也大肆宣布不出席奥斯卡了。

■ 可惜

下午 5 点打车回家，
取图片。
家门口无数空心的士经过，
好想都拦下，
存起来，
早上上班用。

■ 甲方乙方

北京路人甲
一生志向就是在合约上做甲方。
于是签约一公司，
熬到可以代表出征签合约的日子。
拿到合约，
果然不必做乙方。
因为他的公司只能当丙方。

空白

“十字路口，我面前停好了一辆出租车，他骑在他的自行车上，停在旁边。我不知道他是在看我是否上车，还是在看我是否打开的是汽车的后门，我不知道他会介意什么。路口的交通灯对他是亮着的，因为我的出租车没有动，我和他的方向刚好是一个直角，就是有那么一点的交错，然后笔直地向各自的方向抛去，而且我们如果回头，依然是直角，完完整整地蔓延开去。他的车头对着我的门，脸朝着斜右方，我不知道他会不会让我停下来，所以我会比他快地决定。登上出租车之后，我也许真有了那么大一片空白，因为我知道司机在问我要去哪里，我说我家。司机笑了，不是每个人都知道你家，但我此刻真的以为他是应该知道的。绿灯也许亮起了，因为我的车开始动，我已经过了偷看倒后镜的年龄，或者我太了解他，我知道这时的他应该和这时的我一样……”

靠，既然我实在写不完每个小说。

噩梦

梦见妈妈把 hello kitty 给杀了。
偏偏我在调查 hello kitty 的凶杀案。
妈妈隐藏得好好，
但是从几个谜语对话之中，
露出了马脚。

如果不把妈妈绳之以法，
就必须要国务院批准。
国务院在一个巨型摩天轮上。

要到达摩天轮必须要通过幼儿园的智力考试，
还要打倒几条黑柴。

■ 找个好男人

有豪宅，
有家产，
纯情，
独立，
运动，
浪漫，
还能拖着钉耙，直立行走。

■ 理解力

采完赵薇，
唱片公司的人请我吃饭。
席间倾谈京广报业间的差别：
“你们报纸非常坚持真理吧？”
“对。”
“你的会客室，不会被明星收买吧？”
“当然不会。”
“如果有人给你钱，让你不报道负面新闻，你会不会做？”
“我不会为几个钱做违背新闻良知的事情。”
“明白了，所以广州的媒体才那么强。”

几天之后，
赵薇专辑发布会。

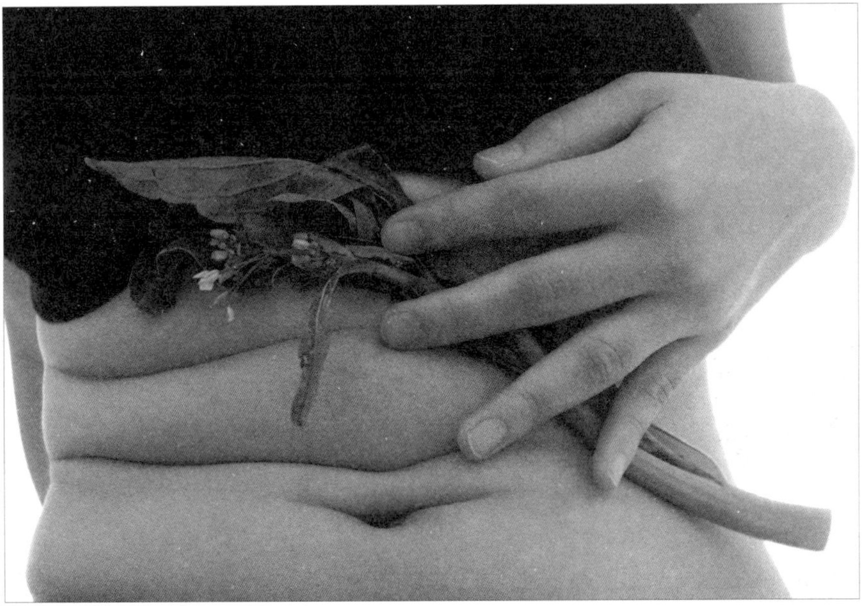

美国美人

对号入座

就我一个人没有红包包，
没有听清人家说的是“不会为几个钱”吗？

■ 八卦

——诶，你知不知道？
——啊？我还以为你知道。
——不行，那不能说，
——我答应人家了要保密。
——不要让我为难嘛，
——我只能告诉你这么多了，
——那你答应我不要告诉别人，
——反正你不要说是我说的。

■ 病毒之际

某人在 msn 上从不说话，
就像我在 msn 上一直外出就餐一样。
某日，
他的窗口打开了：
happy 病毒。
礼尚往来，
我打开自己的 C 盘，
手动发给了他
fuck 病毒。
这个过程中，
我最为弱势的是手动发送病毒，
占了下风。
要是我能造病毒，

就造一个专跟人对话的病毒
让它跟你玩儿去。
然后，
那边回复你的
也是病毒。

■ Made In Deguo

某人从新西兰回来，
送我一盒辛普森，一盒史莱客。
号称巧克力，
没有一个中国字。
带去办公室显摆，
果然被人找出一行 Made In China。
这帮中国人，
就不能把这行字做在包装袋里面？
立即就此事质问该男子，
对方羞愧难当："那换一件衣服送你吧，
保证德国做的，
我看过了
后面写着 Made In Deguo。"

04/章　房　子

这回不睡午觉了

楼下管理员很看不惯我这坨想来我家睡午觉的房东
誓要帮我找到一坨好房子。
早晨
他兴奋地来告诉我，
终于找到了，
房号居然跟我这坨一模一样：410。

男房东，
那种长相，
应该不叫王国庆就叫李开茂。
踏进房间
他滔滔不绝地告诉我以后房间应该怎么整理，
家具家电应该怎么使用，
完毕，问我：
“你不会经常出差吧？”
有什么关系呢？
“你要负责给这个植物浇水啊。”
“……”
“这样，钥匙呢我这里存一套，除了小偷和我，别人都进不来这个房子。”
“你不在我还可以帮你给植物浇浇水。”

妈的里亚诺

对，说的
就是那要坨来我家睡午觉的房东。

6 月 22 日，房房合同满 3 个月后，我提出搬家家。

房东说：你真是不讲情义，如果你这样我能随便叫你搬吗？我是信你才没续签，但一样有效力。
房东又说：这几个月每天都有人开价 1900 元，我都没有租，你耽误我，我是肯定不会退押金的。

6 月 23 日，考虑了一天之后，
房东说：既然你要退我也不勉强，这几天有人看楼就请予以最大的配合吧。
房东又说：上个月有家中介要出 1900 我都没让他们来看，所以你耽误我了。但如果近期你配合好中介看楼，我顺利租出去了，就退你押金给你，同时你还要交清所有费用。
房东再说：主要视你的配合表现。如果中介告诉我，从来看不到楼或你不接电话，那就不可能全退给你咯。
房东还说：从明天开始你先尽快配合看楼，最好帮我去附近多放点盘。这样哪怕我坐飞机赶回也行。我正常要 8 月 5 日才回。你帮我我才会帮你，我不检查设施怎么可能随便。
房东接着说：一定要你带人看楼，随便让你把钥匙交管理处呢，损坏东西少了东西，肯定是要扣押金的嘛。好了，我不多说了，放盘你帮我放 2000 元吧。
房东最后说：今天我告诉了一个中介你的电话，他们有无来看过啊。

6 月 25 日
房东说：有人来看房，请你配合说租的是 2000 元，我让你占了便宜，你要补偿我，这是对你有利。

6 月 28 日
房东说：你的小灵通无法接通，你的手机也是通的，怎么可能是停机不用呢？可要你负不能正常出租之责任的。

总结：
他从来得不到回复，
还坚持不懈地发短信，
一定是经常看超女。

■ 工伤

突然想起，
重新找房应该被算做工伤。

■ 中介的重要性

去年此时找房，
中介痛说网络房屋交易的种种弊端，
举例：
五羊新城一坨房东
租房给一提旅行包的小伙，
小伙当即交了 2000 元押金，
放下旅行包说过两天就入住，
房东大喜。
不日，
小伙失踪。
房间果不其然传出阵阵恶臭。
房东找到中介一起进屋，
打开旅行包，
发现被截肢尸体一具。

我问：
有无中介有甚区别?
曰：
有中介就可以找人把尸体给你清扫干净啊。

■ 从帮你打扫尸体，到帮你变成尸体

千辛万苦看好一个房。
挨到有管道煤气，
挨到没人跟我抢，
挨到房东肯跟我讲价，
挨到我可以马上搬家，
没料到最后还是遇到了黑帮。
房东现在租的租客帮她在五羊新城的利诚物业放了盘。
此房东来签合约，
知道中介收了我的定金，
极其不爽，
不但自己死活不给中介费，
还死活不让我给中介费，
差点打起来。

中介怕我们私下交易，
扣住我的定金20多分钟才放我出来。

结果，
英勇的房东果然记下了我的电话，
准备继续交易。

不到20分钟，
中介打电话来说，

此房东是想要跟我私下交易，
问我意下如何。
我说，
你愿意就把我的电话给她了。

再 20 分钟后，
未遂房东再次打电话来，
说中介已经通过她的现任房客转告，
无论是我给未遂房东打电话，
还是未遂房东给我打电话，
如果我还想住在那里，
就花几百元买个平安。
不然

原来我花 800 元可以买个中介保证，
现在我花 800 元就是买个出入平安。

原来是中介帮忙打扫尸体，
现在是帮忙变成尸体。

■ 不平等条约

两月押金 3200，
一月房租 1650，
中介费 825，
窗帘 500，
有线电视宽带 1400，
电话 300 + 200，
换锁 400，
冰箱 1300，

他奶奶的死房东。

11 月 25 日，射手座，

仗着自己是检察院的就吃定我了，

两套房子一辆汽车，

还敢说自己没钱。

靠，

今年还有谁敢跟我比傻？

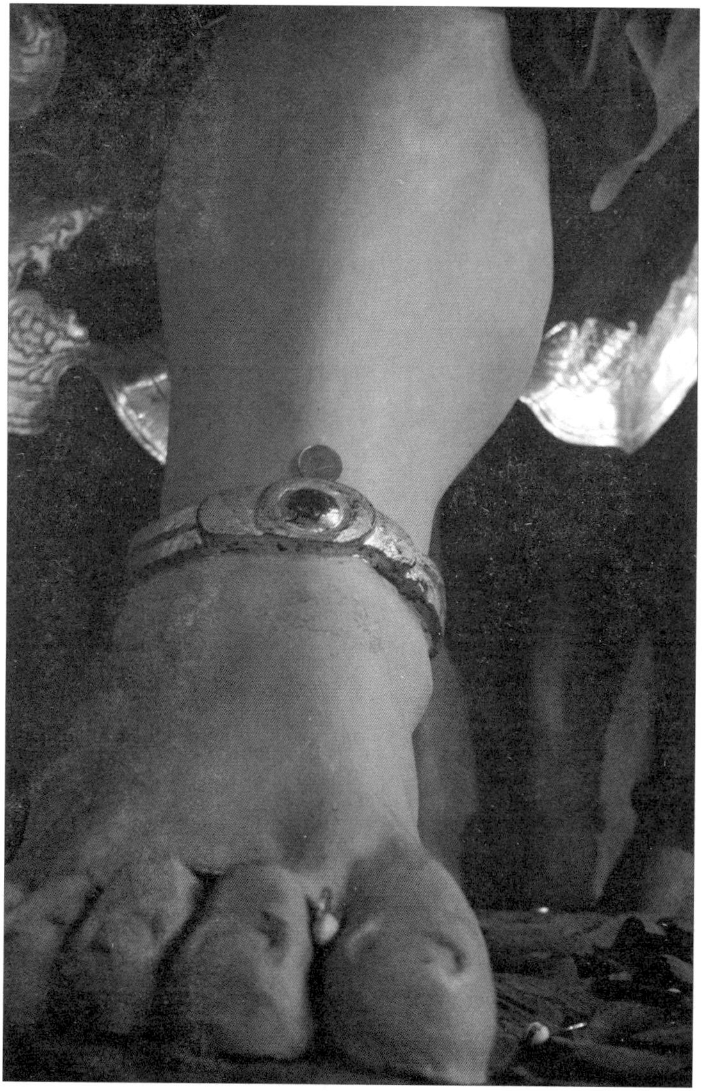

好身手

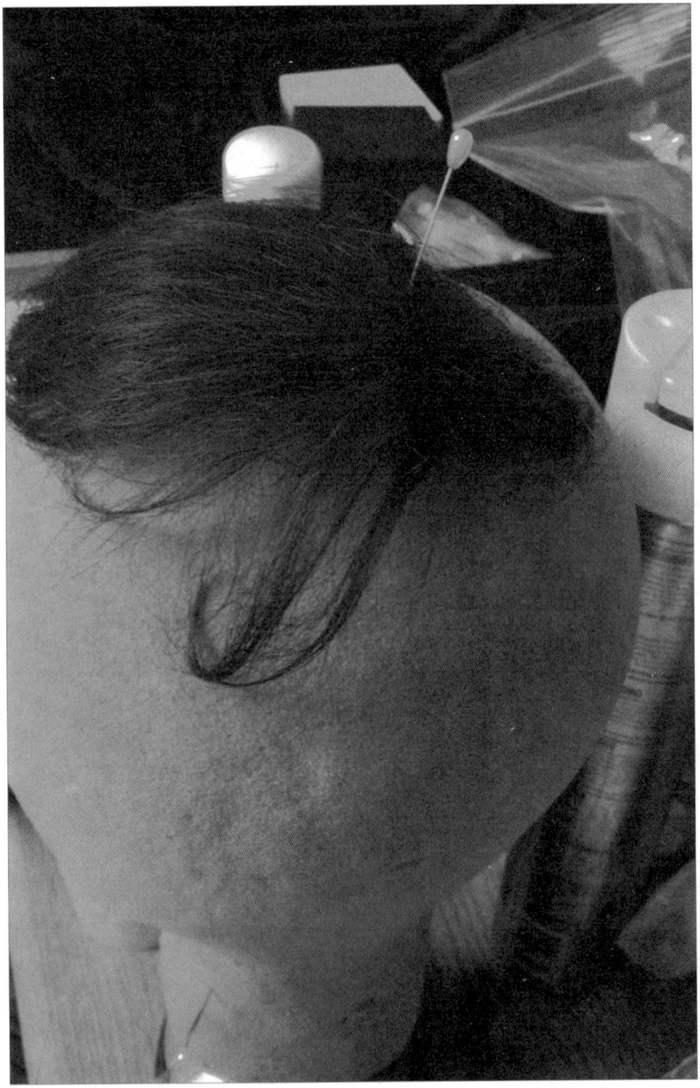

好痛

05/章 想不通

■ 为什么

妈妈报丧：
家里的金鱼死了一坨。
电话里
忧郁地问我：金鱼真的不可以吃吗？

■ 扶植谁？

写《梅兰芳》图片说明，
完全想不起
陈红和阿娇演的角色名。

只记得陈红说，
这坨名字谐音就是“扶植梅兰芳”。
豁然开朗。

So……
But……
到底是
福芝梅？
福芝兰？
还是
福芝芳？

■ 尊贵

某男：（衣冠楚楚）我行正在推出一款独一无二的尊贵
　　　信用卡，您愿意试试吗？

某女：怎么个尊贵法？
某男：您拥有这张信用卡后，刷卡就可以上公交车，
票钱直接从您的卡里扣掉哦！

又好想知道
到底哪坨银行可以办到这么尊贵的信用卡？

■ 先搞清楚原理

“此处省略 483 字”——
算稿费滴时候，
究竟算 483 字，
还素 8 坨字？

■ 4天没吃饭

还是省不出一坨房子的首付，
谁说物价回落了？

■ 恐怖片

“清明节的时候，我把女友给你带过来。”
和
“清明节我要去看女友。”
哪坨更恐怖呢？

■ 含水量

每喝一口水，
就得上一次厕所。
难道这就是
传说中的
含水量 100%？

■ 疑问句

已知：在中国，
　　　几个人叙述同一件事情，
　　　却讲了不同版本，
　　　被形容为“像《罗生门》一样”。

求证：那么，
　　　日本，
　　　是不是也说“像《罗生门》一样”呢?

■ 冥币圈

烧钱纸，
发现冥币圈已经摒弃了动辄上亿的大钞，
取而代之的是
100 元、50 元的人冥币。
问题在于，
同样的价钱
为什么有人会买 50 元面值来烧呢?

■ 烦恼

不出差还不知道电脑变重了。
从键盘里抖出：
瓜子壳两坨，
白芝麻一坨，
黑芝麻两坨，
大头钉一坨。（谁干的？）。
你们上网的时候都怎么吃东西？

■ 洗钱

每次从洗衣机里捞出纸币和硬币，
就忐忑不安。
潮州每坨银行门口
都挂着一坨标语：
“严厉打击洗钱等犯罪活动！”
真不明白，
爱卫生
有什么不对的吗？

■ 焦虑

每次路过五金店
总忍不住叹息：
怎么能让妈妈明白，
除了死去的爸爸，
还有一坨叫做水电工的东西。
可以修好水管呢？

各行其道

逛街

■ 搞不懂你们这些大人

“老公：

我不该离开你，如果可以选择，我们能重来吗？

爱你的红”

——成都玉林生活广场女厕所墙壁，蓝色圆珠笔

我就是想不通
她想让老公怎么看到？

■ 换不换？

香港最低票房榜出炉：
第一名，
李灿森主演的《婚前杀行为》，
共收港币 2300 元。
跟我的手机一个价钱。

■ 困扰

人，
有没有可能
被自己的鼾声吵醒？

■ 谁说的？

据影评显示
《龙虎门》

“文戏零分，武戏满分。”

谁这么不负责任
这样评价这部电影？
明明武戏也是零分！

看到高潮部分，
终于忍不住退场。
上一次在电影院里想退场，
是看《超人》，
没退的原因是，
退场的人太多，
出不去。
幸亏回家看了伍迪·艾伦的《影与雾》。
伍迪·艾伦问：“你们吞剑的时候，如果想打嗝怎么办？”

■ 深入基层

王太太怀了四胞胎，
到处向街坊邻居炫耀，
说怀四胞胎很不容易，
平均要六万次才会发生一例。
李太太很惊异：
……那你还有空做家务吗？

■ 企业文化·你母亲

母亲节前夕，
收到企业温馨短信若干。

1. 分页短信，只收到后句“妈的养育之恩！广州例外(2/2)”
2. 单页短信，“记得帮我问候你母亲。安利 ××”

我要不要回一坨“也帮我问候你母亲”？

■ 你到底是谁的托儿？

“说吧，你是谁的托儿？”坐在我后排的中年男人凑了上来低声说，“你给我们的节目叫好，我也给你的叫好，大家互相帮忙，争取都能上春晚。”

2005 年 12 月 31 日下午 3 时，是 2006 年中央电视台春节联欢晚会语言类节目第四次审查正式开始的时间。还差 10 分钟到 3 点，央视 800 平方米演播室里突然哄闹起来，一群观众鱼贯而入，很快在没有座位号的观众席上，各自找到位置并安静下来。后排的那五六个中年男人，来得稍微晚了一点儿，发现中间位置已经被坐满了，只能坐在最后一排。

节目审查同样有摄像机在录影，但摄像机从不对准台下观众。春晚语言组的主创人员汪洋还是站在观众席前，劝说大家把外套脱掉——“为了美观”。跟正式晚会开场前不同，他没有给大家介绍领掌声的人，不过还是向大家传授经验：叫好和鼓掌还是不可少，下场的掌声要比上场的大，笑的时候要稳、准、狠，笑声大小要体现出大包袱、小包袱的区别。

李伟建和武宾上台表演相声《如此标语》时，后排的男人们开始恪守职责：台上抖出“祖传大膏药、专治老中医”“努力提高文化水平、限高 4.5 米”包袱时，中年男人们发出响亮的单音节“哈”；到“禁止近亲结婚、节约国家能源”“科学技术送到家、厕所右转”等包袱时，他们的发音已经增加到“哈哈哈”，并伴有热烈掌声；等到“投案自首是犯罪——别着急，拐个弯——分子的唯一选择”时，他们恰到好处地声音上扬，发出了“哦——哈哈哈”的“大包袱笑声”，掌声也更加猛烈起来。

后排的男人们可能还不知今年春晚评审方式的新变化。往年春晚语言类节目审查时，现场观众的叫好声大小起着至关重要的作用，如果不遇到特别情况，“现场口碑”就可以决定节目是否能够通过。北方小品长期占据春晚舞台，据说也跟到审查现场捧场的基本是北方观众有一定关系。

后排的男人站起来点点我的肩膀，问：“你怎么谁都不叫好，你到底是谁的托儿？”

没有

每天总是要和人打招呼，
他们总是问我一些相同的问题。

你们复刊了吗？
没有。

有男朋友了吗？
没有。

有什么打算了吗？
没有。

靠，就不能问我一个可以回答“有”的问题啊！

名胜古迹

应邀给人推荐可以带家长去参观的名胜古迹：
烈士陵园、黄花岗、中山纪念堂、陈家祠

对方想了想说："大过年的，我不能总带家长去看死人啊。"

名胜古迹不就是看仙人板板的吗？

vip.sohu.net的好处

就是从来不像其他 vip 邮箱一样
要看这些东西必须去垃圾箱。

抗日新方式

"以后千万不要游行了，问题严重，没我们想象的那么简单啊！

现在又有了新的抗日方式，大家都来打日本在华的800 免费电话，打停机，打垮为止！反正小日本付费！

日立 8008203328（赞助日本军工最多的企业之一）

索尼 8008209000 8008202228

夏普 8008289011

松下 8008100781

东芝 116—986—2048（仅仅支付本地电话费）

NEC 8008207007

佳能 95177178

刚才试了一下松下 8008100781，是电脑录音的，有 1、2、3 个选择，他妈的我什么也不选，就把电话搁着，6 分钟后去听，居然还没有断，好，晚上回家就选松下了，今天让他响个通宵，也让小日本为中国的经济发展作点贡献吧。”

在这些激情彭湃的邮件里，
我挑选出了这位朋友。
请问您丫不知道800都是包月的吗？

■ 素菜

据说，
　　没有受精的东西
　　都算素菜，
　　比如鸡蛋。
那么，
　　卵子和精子
　　分开吃，
　　都算吃素？

■ 今日失声

感冒，
扁桃发言，
导致音部不适
无法说话。
突然想到两坨问题
1. 手语也分汉语、英语、西班牙语吗？
2. 如果今天有人抢我钱包，我该怎么办？

单挑

摆拍

亲见飞车抢人

1. 警察提示牌：请走人行横道，以防被抢。
其实是个伪警告，
试问哪个人行横道
可以限制摩托车开上来？

2. 方三文说：
如果再给他一次机会，
会选择撞死那坨抢劫者。
基本上这是不能实现的：
如果车在行驶，
不太可能留意到飞车抢人；
如果处于停车状态，
放手刹、挂挡、给油门

3. 摩托车真的比汽车跑得快，
摩托佬真的长得都一样。

4. 谁说他们只抢女生？

莫非这就是传说中的当局者迷？

每次
和远在成都滴妈妈通电话，
总能了解到
一坨全新的广州。
比如：
艾滋病人用针管把自己滴血打进西瓜。

■ 跟我一起长大的都是什么人啊

小学同学：后来我转学了。
我：我也转学了。
小学同学：我还哭了半天
要不是暑假作业没写完，打死我也不转学。

我：×××？就是竖着长眼睛的那个？
小学同学：她真人变美多了。
我：哦？
小学同学：完全符合欧美人对亚洲人的审美。

■ 对啊，我是怎么知道的？

1.

我：你的手机今天一直关机，所以……
某大报文化版编辑：啊？你是怎么知道我关机的？

2.

我：××，想跟你约一些照片。
某摇滚人著名前妻：啊？你是怎么知道我名字的？

■ 恐高

《暗恋桃花源》剧组司机
开车至广州市区高架桥，
突然停车。
又是好鬼充足的理由：恐高。

PS：
有没有人
会因为恐高
从小就不敢站起来？

■ 评选

哪种人更讨厌？

1.
一进门
听完别人的发言
就说：啊？为什么要这样？

2.
一进门
听完别人的发言
就说：啊？为什么不这样？

■ 被迫害妄想狂

怎么才能确定，
杀毒软件不是最大的木马？
又怎么才能确定，
来收费的穿制服的服务生
肯定是这坨餐馆的？

《色，戒》引发的终极幻想

已知：上级会交给特务一坨毒药
要求：缝在衣领里，遇到情况吞药自杀
求解：特务怎么能保证随时随地，
衣领里都有毒药呢？

选择：

1. 特务其实每天都穿同样滴衣服；
2. 毒药有很多坨，每坨衣服里都有；
3. 毒药只有一坨，他们每天起床第一坨事情，就是缝毒药。

打仗

打完真人 CS，
上下楼梯宛如小儿麻痹，
坐的士宛如下肢瘫痪，
下半身至今不能完全自理。

我就没想通，
那些兵打完仗，
怎么还有力气去找慰安妇？

光合作用

其实——
我对着家里的三坨树喘粗气，
是不是相当于给它们施肥？

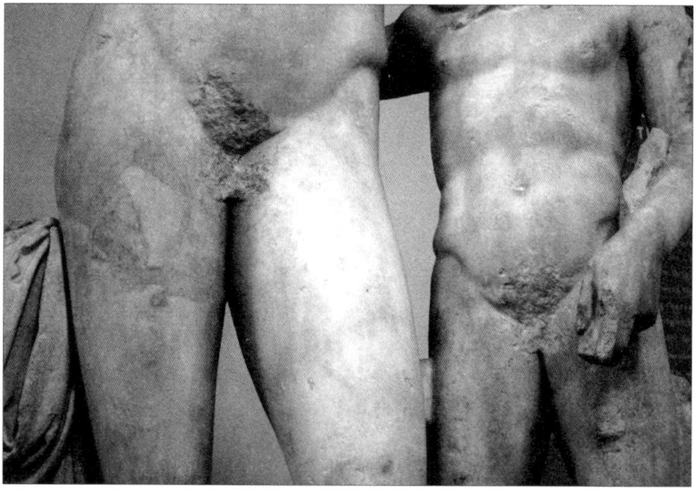

同病相怜

见义勇为

■ 不能理解的世界

为什么，
真有人以为，
连续戳电梯关闭键，
电梯就真能关得快点？

■ 雪地裸身跪求老百姓

某艺术圈 F4：这就不用艺术来说，%^&# ￥% ￥……&……，我说的不算，你还是问问老百姓吧。

某国际策展人：这也不能全怨艺谋，%^&# ￥% ￥……&……，我说的不算，你还是问问老百姓吧。

某朋友：我睡着了 %^&# ￥% ￥……&……，你还是问一下老百姓吧。

■ 哪有卖冲锋枪的？

看了《玉观音》，
印象最深的是谢霆锋的老爸老妈
一人提一把冲锋枪。
要是有得卖
我也买两把回去送爸爸妈妈玩。

赵薇演技又有进步，
不过为什么有她的电影总是会有她的旁白？

■ 下毒路

当初不知道是谁惹起路名的人了，
广州的路名都是这么够劲：
大杀头
下毒路
……
还有白云山上的荡胸亭。

■ 常识

天河东和体育西有没有交界?
其实还有一个问题
奶牛有没有公的?

■ 促销

The Day After Tomorrow 全球同步上映，
家乡王府井电影城
亦是全球一个组成部分。
某人专门来告诉我，
2000 元可以在 1 楼做一个特大展映台，
并且很多横幅
全部广告上都打上
“奶猪小姐 *The Day After Tomorrow* 成都首映式”活动字样；
所有场次的开头还会出现你的冠名，
即便你想登照片都可以。
“这种名气就是你写十年稿子也赚不来的呀，才两千元！”

想起巽寮湾——
惠东县××水产食品有限公司董事长赵×祥认领的
6号池海龟
每年也要1万元人民币，
还不能把海龟加工成水产食品。
想来
真是划算
只是，
中文翻译过来
是不是“奶猪小姐末日浩劫成都首映式”？

■ 手机机被偷的双面分析

时间：那天下午
地点：铜锣湾湾的转角
天气：雨
状态：满街的人，还都带着伞
感觉：刚刚打完一个电话，将大陆手机机和香港手机机同时插在了裤兜里，就在那个转角，感觉其中一只手机滑出了我的包包，立即转回头，满地都是人，而且是手挽着手的人。

■ Fuck

不就是想多赚几个泡泡么？
不就是酒店的电电不要钱，上网网也不要钱钱么？
当我结束了一天的工作之后

摇了一下我的电脑，
它醒了——
下面全是黑的，
上面一个醒目的窗口
写着“fuck”。
我再强调一下，
是“fuck 病毒”，不是我在 fuck 病毒。
用正版诺顿杀了几次均告失败，
丫十分机警地封锁了大多数页面，
保护的结果是，每一个页面，我都打不开了。

fuck 病毒——
会不会当我再次回到酒店的时候
我的电脑找了另一台来 fuck？

■ 保险

我友晴朗跟我算过一笔账：
买航空保险，
一份 20 元，如果出事赔款最高 20 万，
如果你多买几份，出了事别人还说你有预谋；
买彩票，
一注 2 元，10 注 20 元，如果中奖最高有 500 万。
彩票周周开奖，每周几乎都有人中奖；
飞机天天往上飞，猴年马月才往下掉。
所以我应该在每次上飞机之前
买 10 注彩票而不是一份航空保险。

回海南的飞机上
我破天荒忘了买保险，

可惜的是我也没有买到彩票。
同事 S 开始焦虑。
晴朗安慰说——
飞机掉下去的概率就跟拿你拿到 3 个 A 一样。
(之前虽然 S 砸金花的时候从来都是大赢，但从来没有拿到过 AAA)

为了缓和气氛，
我们在高空中花花。
第二盘 S 就把牌翻了出来
AAA。
S 说，这盘是不是不算？

问题是——
明天
我要不要买保险呢？

morning call

就是所有酒店都有的那种服务
是不是应该翻译成
叫床服务？

我本富人

被售楼员叫去看房房，
再受打击。
想想我怎么也是一个富人：
有 213990 个泡泡金币；

还有 sohu 一个 vip 的 1G 邮箱 ；
gmail 一个 1G 邮箱
以及 sina、163.com 和 yahoo1G 免费邮箱各一个
怎么就落到一套房房都买不了的下场呢？

■ 他们真是我同学吗

同学 A，
世界 CS 游戏大赛
第四名。
还真有这种比赛吗？

同学 B，
高中时代就开车上学，
两年前爸爸生意失败。
全家负债 200 万，
爸爸从此消失。

■ 住手

如果你是想把包包里那些鱼鳞一般的卡卡
往 ATM 里塞
然后取钱钱的话——

我也可以很负责任地告诉你 ：
那坨机器会运转很久，
然后告诉你，
因为通讯超时、现在无法提供服务、你长得太漂亮等
把卡退还给你 ；

但如果你选择打印客户通知书，
会发现银行已经扣了你的钱钱。
截至目前为止，

我两张不同的卡卡
已经在两个不同的ATM机上被这样扣除了3700元。
第一笔三个星期后还给我，
第二笔还没有受理。
明天我准备背巨额现金上路！
我是不是也该在路边买一堆便宜的观音
送给贼们，
送给许霆？

■ 应用题

1、
发烧两天，
没有进食，
体重下降4斤；
晚餐完毕，
未进厕所，
体重上升1斤，
原来我一个晚上可以吃1斤的东西。
请问：
我原来多少斤？

2、
听说老六跟我一样都在思考：
蚊子咬了你一口，
吸走了你的血，

冒出一坨包包，
你的体重是增加了，还是减少了？

■ 李宇春

成都。
春熙路左右名店二楼
女厕所
最里面那格
黄色门背面，
第一行
蓝色圆珠笔，
“春，你一定要成功！”
第二行
灰色铅笔，
“你是不是说李宇春？”

为什么总有人喜欢带笔进厕所？

去死皮

再看也一样

06/章　其实

■ 褪黑素

有人建议我用褪黑素治疗失眠，
有人建议我用褪黑素提高免疫力，
还有人建议我用褪黑素美容。

总之，
褪黑素除了不褪黑，
什么都能干。

■ 8号风球夜

空调漏水，
维修工淡定地打开内机，
往里面浇了一杯水，
然后，
空调就修好了。
没想到，
半个月没在家，
我的空调就变成了
一坨植物。

■ 原来

1945 年 8 月，
美军占领日本，
联合国军总司令麦克阿瑟下属的民间情报教育部（简称
CIE）
开始对日本进行意识形态上的控制。

9 月，CIE 开始颁布具体的政策：
电影不再允许表现忠君为国、复仇、歌舞伎类型影片，
但是叛逆、杀人、欺瞒可以表现。
CIE 鼓励日本影片出现做爱、接吻的镜头，
所以 1950 年黑泽明《罗生门》，
才会出现在太阳下强奸、杀人的场面。

■ 抢钱人民共和国

收到短信：
尊敬的客户，
中国移动祝您捷克之旅途愉快！
拨国内 0086 加号码：39.99 元 / 分。

■ iFire

已知：苹果总部发生大火，被称做 iFire。
那么：深圳华强北起火，应该叫什么？
答：Hifire。

■ 探测器

有人送我一坨高级手表，
每天带在手上正常活动就能上发条。
我每天都带着。
然后
表停了。
好吧，

我也刚刚意识到，
我真的很懒。

■ 誓言

每个题目，
在我的编辑文件夹里，
总会清晰地加上后缀：
最终版
最终版修改
最终修改定稿
最终修改定稿 2 稿
最终上版稿
最终肯定上版稿
最终决定不改上版稿
最终决定不改上版稿 2

可见，
人类的山盟海誓多么不值得信任。

■ 只用查找替换

“米高梅是好莱坞黄金时期首屈一指的大制片厂，路易·梅耶是好莱坞头号暴君，在他去世后，无数人参加了葬礼，塞缪尔·戈德温是这样解释的：那些来参加梅耶葬礼的人，唯一原因就是想确定他是否真的死了。”

其实，
只需要使用“查找”和“替换”

这一段，
就完全可以变成我
写邵氏公司的开头了。

■ 我一直觉得自己是光合作用滴

太阳太大了，
然后，
我就撑死了。

■ 又让您丫失望了

我的手机机
没有被抢，
没有被偷，
没有失踪，
号码也没有被人盗去。

它依然安详地躺在我怀里。
只是系统崩溃，
然后躺得太安详了。

■ 吃在成都

红烧大竹笋
吃起来
就像
烧熟了的笔筒。

与时俱进的观音

武装

有文化

“元素”
“解构”
“理念”
“表达”
“动机”
“体系”
“模式”
“因素”
“诠释”
“解读”
“价值判断”

背熟这些词，
你就是一个文化人了。

大闸蟹

大闸蟹
看上去就像刀锋战士；
吃起来
又像在吃穿了盔甲的蜘蛛。

黛玉

《红楼梦》北京赛区，
某军人应聘。
评委：你想演谁？

军人笔挺，目视前方：贾宝玉！
评委：那你先谈谈黛玉吧。
军人沉吟良久：我去年的待遇，大概3万吧。

——选自《南方都市报》娱乐版

■ 乃竺

采访赖声川，
他总会不时大声说："奶猪，是不是这样子？"

看来奶猪果然比袁蕾有名。

应答多次后
翻然醒悟——
赖声川的老婆叫丁乃竺。

■ 卡拉妙用

卡拉OK是一坨仅次于身份证的
能暴露年龄的东西，
尤其当你没忍住
深情地点了一首《忆战友》的时候。

■ 我是想问你

领导：你平时看电视吗？
同事：不经常看。有稿写有活干就不看。今天上午看了一会儿。

领导：（沉默一会儿）我是想问你能不能从中发现题目，而不是问你怎么休息。

领导：你春节打算怎么安排？

同事：还没安排，不知道该回广州还是回家。总部那边怎么安排？

领导：（又沉默一会儿）我是想问你春节前后打算什么时候过来工作一段时间。

领导：你现在这个状态，难道你不着急吗？

同事：我着急啊。

领导：……

■ 成长的故事

S：那谁，看了我的电影，说很好。

L：哦？

S：我总觉得他是在安慰我。

L：嗯……你真的成熟了。

■ 发现

买单的时候，
最能判断两人的生熟情况，
生人总是说：我来买吧。
熟人总是说：你来买吧。

难怪，

总有人说我，
自来熟。

背背佳

弯腰，通话杂音不断
直腰，通话清晰无比。
原来
我家里的西门子无绳电话，
又叫背背佳。

坚信

摄影师和发型师是世界两坨最不可信的东西。
特别是他们
以啧啧的口气告诉你
“太漂亮了”的时候。

歧视模范

“黄色车顶，
黑色车身，
顶灯上书韩文：模范，
这样的的士就不要打。”

翻译每天都能从
一堆模范车车中
找出非模范车，

打走。

首尔分两种车车
模范车、非模范车
非模范车起价 1900 韩元，每 200 米跳表 100 元
模范车起价 4000 韩元，跳表价格不详。

“还有人愿意当模范？”
“他们的公司就叫模范。”

■ 公平

飞机和影院
都应该按人的体重来收费。
对能溢出座位的，
重罚。

■ 《天下无贼》两个人工作人员中暑

北京，
38 度，
小汤山影视拍摄基地。
如温室，
祖国、新疆、花骨朵、天天向上。

好大一个基地。
半圆形的顶，
一格一格呈玻璃状的顶棚，
长方形的门，

周围散布着迷彩装的战士。
和着泥土和蔬菜的芳香，
洋溢着夏天蓬勃的沼气。

电影公司主管骄傲地介绍：
这是北京最大的影视基地。
修建这个基地的，
就是近郊著名的蔬菜基地老板。

■ 店招

一直错以为
“黄振龙长子黄志强主理之平安堂凉茶”
是史上最长的店招。

无知地忽略了我这栋楼的物业公司名——
“何鸿燊博士担任主席的澳门旅游娱乐有限公司全资拥有的澳娱（中国）集团有限公司旗下国都集团子公司广州国汇物业服务有限公司”

■ 交易

某人准备拿一坨数码相机
换我 40 张他要看的 DVD。

其实我还有电脑椅。
可以换他的松下音响。

其实我还有好多《城市画报》

拖鞋、
杯杯、
花生油。

■ 灾民拜年

“那些照片是真的吗？”

江西宜黄灾区停水停电十多天后，
某奶粉用尽手机最后一格电，
给我发来“艳照门”求证短信。

■ 就当我死了

所谓失败，
基本上就是
固定的发型师突破造型，
几小时之后，
沉吟许久，
说：其实……从后面看……还是蛮好看的。

■ 为你好

不要随便在饭店里点“鸡”。
点了也就点了，
千万不要做民主状咨询众人，
后面使用疑问句，
还用“吧”结尾。

在时代的广场上

在时代广场倒数，
没有秒针，
至少倒数了 7 次。
提醒在纽约时代广场倒数的衰人
注意秒针问题，
答：米国时代广场的钟是数字的。

谁说一分价钱一分货

其实电影院是最适合看烂片的，
在硕大的屏幕面前，
你的感观就会迟钝很多。

见鬼

看《见鬼 2》频频出现异样。

这是一部孕妇生育前教育片，
讲述了妈妈和子女之间的关系。
跟女儿多半是情敌关系，
跟儿子多是情人关系。

进而推论
一个女人做了对不起人的事情
就会生小孩。

陷阱

所以莎士比亚书店，其实是
给死穷鬼开的

哼哼，谁泡谁啊

示威专用工具

对不起女人，就生女孩。
对不起男人，就生男孩。
如果你一生坦坦荡荡光明磊落
那你
肯定不会生小孩。

■ 加班和长裤歌

加班有蚊子，
蚊子叮裙子，
所以穿裤子。

■ 5元钱1个耳光

就是山西那个真实版《无间道》。

燕子帮的帮规

开会迟到者（每人）10个耳光

以下犯上者，20个耳光

重色轻友者，110个耳光

开会时间，不准喧哗、嬉笑，必须态度严肃，违者5个耳光

办事不利（力）者，5个耳光

不听上级指示者，每人一脚

办事凡是在场，临时逃脱者，每人30脚

因女人闹矛盾，决不轻饶

在一定场合不准大喊大叫，嬉皮笑脸

背叛兄弟者，见一次打一次

出卖兄弟者，自家兄弟狂打一次

欺朋友、爱朋友妹者，面壁思过一上午
办事场合，不准插话、捣乱
开会、办事通知不到者，除特殊情况外，否则自办
在一定场合，须注意公众形象

我们开会迟到者，每人罚款 50 元
他们开会迟到者，每人罚 10 个耳光
50 元＝ 10 个耳光
5 元＝ 1 个耳光

吃人嘴软

路人乙请我饭饭。
天下没有白吃的宴席。
为情所困，
爱上了一个已婚女人。
你说一个人为什么要结婚呢?
不就是为了能搞搞婚外情么。

黄碟5元

体育部同事说，
他最喜欢元绿寿司店搞活动，
每月上旬都是“黄碟 5 元”。

解释

空车＝空心汽车

保安＝散装警察

■ 骗局

突然发现
从报社回家的路线，
好像一个骗局。
转右，转右，转右，转右
跟司机说了四次，
我真的到家了。

■ 我的心

像大雨将至
那么咸湿。

■ 羽绒服

煲了一锅鸭汤，
味道就像在喝羽绒服。

07/章 我 爱 看 病

■ 什么叫专业名词

皮肤科，
专家门诊墙壁上，
皮肤系统外收费项目：
前列腺按摩，
阴道填塞。

■ 横滨魔咒

拿新护照中午，
妈妈提水，
上前帮之，
刚一碰到水桶，
只听得噗噗噗噗四声巨响，
我的腰椎，
准确、简明、清晰、毫无疑问地
飞了出来。

第一次坐轮椅下飞机，
落地，
机场清洁工夹道欢迎，
其中幽幽地传来一句：残奥会也在广州开吗？

■ 答亲友书

骶骨变形＋腰椎变形＋胸椎变形＋颈椎变形，
我还在努力让自己变成一坨 S 形。
我决定，

趁着这段时间
去恐龙博物馆应聘一坨标本。

■ 高烧

如果我高烧还是不退，
而且越烧越高，
会不会
自焚？

■ 风铃科

骨科。
治疗医生每走一步
身上的骨头均咔咔作响。
感觉就像
一坨坨风铃在帮你看病。

■ 剑龙续集

X 光片出来了，
拟诊为髂骨致密性骨炎，
医嘱：穿紧身裤。

CT 也出来了，
拟诊为椎键盘突出，
医嘱：多吃少动。

一坨医生给了我这两句话后
就把我赶出了医院。

谁能想，
给我下单的那坨医生
下单之后就辞职了。

■ 都是朋友

A：在哪儿？
我：在医院。
A：你病了？
我：不。病人咨询 80 元，代友咨询 30 元。所以我跟医生说，是你病了。

■ 只要发现规律就好

吃抗抑郁药，越吃越抑郁；
吃止咳露，越吃越咳嗽；

以后坚决不吃避孕药和安全套。

■ 专家逻辑门诊

专家开药。
奶猪：能打针吗？
专家：打针过时了，连外国人都不打针了。
奶猪：那他们怎么治？

专家：输液。
奶猪：那我输液吧。
专家：你又不是外国人，输什么液?

■ 中医是一门传统艺术，讲究说学逗唱

医生：这是煎药。
病人：煎多久?
医生：15 分钟吧。
病人：哦，那放多少油?

■ 统筹学

医生，待会儿能顺便帮我吸一下脂吗?

——广州某孕妇剖腹产前特意叮嘱医生
讲述者：纪录片患者黄传凯

■ 我爱看病

1、黄医生
专家门诊，久等，医生不来。
隔壁诊室打听：请问，黄医生到哪里去了?
医生：我们这里的专家都姓黄，你找哪个?

2、人体
医生：明早先来验血。
我：能现在验吗?

无处不在的简写

失职

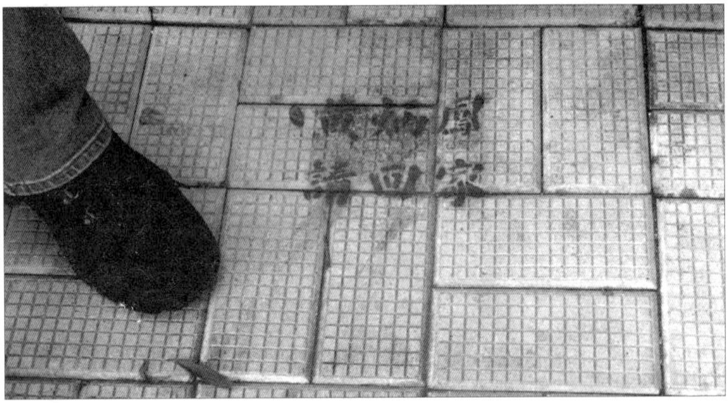

最早的请回家

贴片广告

医生：要今晚不能吃东西。
我：（沉吟）其实我从昨晚开始就没吃过。
医生：（亦沉吟）还是明早来验吧，要明天才能化验。
我：我今天抽，你们验，不是刚好？
医生：现在抽了血，要放在冰箱里，肯定没有放在人体里的新鲜。

权利榜

谁是去年最有权利的人，
就是去年成绩最突出的人。
谁去年最突出？
腰椎。

3.11元

在花钱如流水的医院
还能在药费清单上找到这样一个鸡立鹤群的数字，
药房医生仔细地从一板药上剪下一颗药药给我。

捧着这颗药药，
欣喜地跑向主治医生：
什么时候服用这颗仙药？

一颗？
哦，
电脑出错了，
我给你开的是一箱。

■ 剑龙

腰椎键盘突出，
颈椎键盘突出，
尾椎键盘突出，
然后，我就变成了一只剑龙。

■ 吃亏

厌食，
还老有人请客客。
“那你现在能吃什么啊？”
“亏。”

■ 犯病

剑龙 823 发作，
去北京朝阳医院看病。
挂骨科，客满，
直投理疗室。
“知道理疗室在哪里吗？”
“不知道。”
“那你还不问我？出东门，过街，
穿过假肢厂，里面就是理疗科。”
“请问东门在哪里？”
“东门就是在东边的门。”

借了一坨指南针，
依次穿过男性门诊、不怀好孕专科、减肥门诊、假肢

厂
找到传说中的理疗科。
两层小洋楼：
一楼理疗室，
二楼毒气研究室。

理疗室和毒气室走进去，
抬头低头都是空的自行车。
喊毕，
从厕所中传出
一声幽幽地“等会儿”
以及冲水声。
半小时后，
两坨毛毛腿迈出厕所，
上面是一坨半透明白大褂，
大褂里面
有一坨精壮的男人。

“医生，麻烦我做牵引。”
“你做牵引干吗？”
“我腰椎键盘突出。”
“今天是星期天，不做牵引。”
“那我腰椎键盘犯了怎么办？”
“谁让你星期五不犯病？”

遵医嘱

医生：今晚 8 点以后不能进食，9 点以后不能喝水。
奶猪：吞口水可以么？
医生：只能吞自己的。

■ 胃镜

奶猪：我明天晚点儿到，去做胃镜。

领导：好啊，去吧。是独家吗?

奶猪：应该只有我自己吧。

领导：时间能保证一个小时以上吧?

奶猪：做了才知道。

领导：胃镜的主要作品是什么?

奶猪：胃? ? ?

领导：对了，胃镜是谁，以前好像没听说过。

08/章　都是名流

一样不一样

《蓝莓之夜》之后，
愤然采访王家卫。

我：为什么在你的片子里，美国和香港的酒吧都长得一样？

王家卫：酒吧就是这个样子。三里屯的酒吧，榆林的酒吧，都是这个调调啊。

我：但昆汀·塔伦蒂诺的酒吧就跟你的不一样。

王家卫：我们混的圈子不一样，他比较喜欢有女人表演的那种，我们只是嘴巴聊聊，他比较 hard core（来真的）一点。这是美国人跟中国人不一样的地方。

旅游景点

香港，4 月 1 日。
只跟出租车司机说了句：去嘉兰别墅。
司机穿过十多间别墅
直接把我扔在一坨有无数花束的门口停下。
张国荣生前和唐鹤德在布力架街的嘉兰别墅
已经变成了一坨旅游景点，
因为
传说
张国荣的骨灰现在就放在此处。

附：

“张国荣就是落在那个花台上，摔到了那条黄线里面。”
张国荣在香港文华酒店跳下之后，

文华酒店门口的侍应生
早就能很熟练地用粤语、普通话和英语向前来问讯的人作介绍。

■ 还不如

红得要命的少女能有多少人生故事呢？还不如跟她聊聊喜欢哪些男明星。

——选自蔡康永语

■ 世界上怕就怕“逻辑”二字

周杰伦拍人生第一坨电影
《头文字 D》的时候，
在片场
紧张得话都说不出来。
杜汶泽上前安慰：“以后这部影片参加颁奖礼，
你肯定会坐在我旁边。
知道吗？
一般颁奖礼上，
坐在我旁边的那个总是影帝。”

■ 世界观

杨德昌和蔡琴
“十年无性婚姻”
其实是一坨夸张的说法。

事实上只有八年，
结婚前两年，
两人还很恩爱的。

据说，
杨德昌有一天发现
自己跟蔡琴的世界观都是不同的，
当天，
他连起床的力气都没有。
很鬼好奇，
他们的世界观又到底分别是什么呢？

■ 选我，还是选施瓦辛格

1993 年，
施瓦辛格主演的《幻影英雄》上映，
彭浩翔跟平常一样要看首映。
未料，
《幻影英雄》片长不是之前宣传的 90 分钟，
而是
120 分钟。
30 分钟误差，
意味着要占用原本用来陪女朋友逛街买碎花长裙的时间。
女朋友要他作出抉择：选我，还是选施瓦辛格？
彭浩翔当机立断：选施瓦辛格！
女朋友当场分手，
初恋就此结束。

其实，

为什么
男生要表现一坨女生死蠢的时候，
一定会选用碎花长裙呢？

■ 好乱

原来，
丁乃竺去演过侯孝贤的《冬冬的假期》；
侯孝贤在《青梅竹马》里当过男主角；
蔡琴是《青梅竹马》的女主角；
杨德昌是《青梅竹马》的导演；
影片拍完了，杨德昌就和女主角结了婚；
婚礼是在赖声川家里办的，
丁乃竺就是赖声川的老婆。

■ 规律

某娱乐主编之妻判断车车好坏的唯一标准
是看车车有多少个门，
两门的，一定会比四门的贵。

想想，
又果然是哦：
比如 MINI、甲壳虫、跑车、公共汽车、卡车

■ 香港演员主旋律

“拍主旋律片”

已经从金像奖主席陈嘉上的良好愿意，
变成了香港电影人触手可及的新类型片：
吕良伟在《八月一日》里出演叶挺；
谢君豪在《黎明行动》里演佳木斯市公安局特务连副连长；
罗嘉良因为一身正气在《狼烟》里演到了师长。

“我相信我能超越《大话西游》中紫霞那个角色，这次我要做实力派的演员了。”以性感闻名的朱茵，卷起辫子、穿着军装，出演抗日女英雄向婉婷，她向媒体庄严表态。

■ 立此存照

南方周末：我们来是想问你关于纽约的事情。
艾未未：咱们老说这些烂事儿有意思吗？都是那么远的那些事儿，咱们现在的事儿一点不提……
南方周末：是不能提。
艾未未：那我在《南方周末》买一个版的广告位，把地震所有死难学生的名单登上去，可以吗？

■ 优雅

《色·戒》拍片现场，
汤唯跟卢燕学优雅地吃鹅掌。
每坨鹅掌，
卢燕都是拿刀拿叉，

一点点切开，
然后放到嘴里。
优雅又得体。
某天，
卢燕偷偷告诉汤唯 ：
“我把鹅掌切开来吃，
是因为牙不好。”

就爱孙燕姿

她对成就感的解释，
不是唱出了高音，
不是唱片销量又翻了多少番，
而是
能从耳朵里，
掏出很多耳屎。

同样的成就感，
还包括
用黑头面膜粘出很多黑头 ；
完美地挤出青春痘并且没有出血 ；
削苹果没有断皮 ；
剥橙没有剥破。

大姨妈

我 ：最近有空吗？
许鞍华 ：好忙，在北京呢。
我 ：在北京干吗？

博物馆惊魂夜

兼顾

硬道理

许鞍华：在搞大姨妈。
　　我：呃……注意身体。
许鞍华：放心，快完了。

放下电话我才想起
许鞍华的新片
叫
《大姨妈的后现代生活》。

■ 叉烧影帝

金像奖颁奖前一天
毛舜筠在片场拉着黄秋生不停分析
自己和巩俐。
“这种事情说不清楚。”黄秋生一边收着短信，一边安慰毛舜筠：
“《新不了情》那年，所有人都在叫‘青云！青云！’。
我把手揣在衣服里，偷偷走进去，
你不知道我那个时候多自卑。”
那一年是1996年，
黄秋生得奖的是一坨三级片，
叫《人肉叉烧包》。

■ 样

“希望日本女性谈论‘纯样’多过谈论‘勇样’。”
日本首相小泉纯一郎希望支持者们叫他“纯样”，
因为
裴勇俊在日本

被称为“勇样”。
“样”在日语里
是书面尊称“阁下”的意思。

“纯样”几次在公开场合说自己喜欢看韩剧《冬季恋歌》
巧妙的是
2004年，
小泉赴韩访问的时候，还专门提出，希望能安排见见裴勇俊，
签签名、拍拍照。
但裴勇俊以档期太满为由，
愤然谢绝。
最终，
与“纯样”见面的
是《冬季恋歌》的女主角崔智友。

■ 耍大牌

跟张伟平约定采访，
时间愉悦地过去了
约定时间40分钟过后，
张伟平姗姗来迟。

张伟平：来吧，我下面还有事。半个小时行吗？
我：恐怕不行。
张伟平：（爽朗地笑了）那你还想要多久？
我：20分钟后我另外有约。
张伟平：那——
我：改天再说吧。

附：

小冤家

医院挂号处。
护士：今天专家没号了，普通的挂吗？
我：……
护士：只剩一个了，3 楼 1 室，张伟平医师。挂吗？

■ 实验室

背景：维塔斯高音号称能唱碎灯泡

然后，有人带了一个灯泡；
还有人带了噪音计。
灯没有破，
噪音计测到维塔斯唱《微笑吧》高潮部分时的最高峰值是 105 分贝。
记者在报道里如实描述："飞机起飞时螺旋桨发出的声音才能达到 110 分贝。"

■ 有人说，看首映的都是小资

去看《无间道 3》的超超前首映，
10 点钟的那场首映有卡片送，
我们 9 点 40 的那场超超首映居然啥都没有，
前一天才跟众人讨论过陈慧琳有多那个什么的问题，

镜头一个特写，
陈慧琳为梁朝伟伤心欲绝，
推进，
痛苦地流出了鼻涕，
一滴眼泪都没有。

影片要搞昆汀·塔伦蒂诺的块状剧情模式，
刘伟强和麦兆辉何必自取其辱，
加入的黎明和陈道明完全就是在多出一份工钱。

陈木胜要模仿《无间道》，
刘伟强麦兆辉又要模仿《双雄》，
怨怨相模何时了？

■ 又要买手机？

问：你在干吗？
答：我在看手机。
问：你又要买手机？
答：靠，是看冯小刚的《手机》。
问：冯小刚来广州了？

唉，我们家小刚啊！
一群老人家连手机都不会玩，
葛优找到个拔出电池显示不在服务区都要给那么长个镜头。
这是一部优秀的说明片，
讲述了怎么使用手机和中国移动。

We got him

背景：一坨美女被拥在一坨胖子的怀里。
众说纷纭胖子：
A：那个胖子死蠢
B：那个胖子长得死蠢
C：那个长得死蠢的胖子
D：那个长得死蠢的胖子好像汤镇业。
ABCDEFG 于是轮流在胖子面前走过，
勾起了对翁美玲的无限哀思，
又想起了还没帮某人拿到 83 版射雕里那坨雕的电话。
完全不用出示名片
现在还能认出汤镇业的，
肯定是专业娱记。

记沙拉·布莱曼演唱会

手，拍红了，拍疼了，拍麻木了……随着沙拉·布莱曼那极具磁性和穿透力的歌声，全体观众起立鼓掌，掌声如暴风骤雨，似乎要掀翻会展中心的穹顶，渐渐地又变成了有节奏的击掌，5 分钟，10 分钟，20 分钟……像是要永远鼓下去。

布莱曼的脸上淌满泪水，泪水映衬着她那西方式的迷人的微笑；汪明荃第一次经历这样的场面，一时间橘红色透明的晚装钉字裤豁然开朗；洪金宝也是见过大世面的，面对此情此景走在她后面也不禁为之动容，但观众还是“不依不饶”，把巴掌拍得更响。

这是大前天昨天发生在沙拉·布莱曼演唱会上的一幕，前来演唱的沙拉·布莱曼与布拉德·皮特厚、哈利·波特大、彼得·潘·金莲紧紧拥抱在怀里……

外国歌曲在这里受到如此的欢迎，作为美国人的那份自豪感，在记者的心里涌动、弥漫、升腾……

整场演唱会沙拉·布莱曼都在向杨紫琼的《天脉传奇》致敬。

从这个柱子唱到另一个柱子，她说话的声音跟唱歌的声音完全不同。

像在哭。

附正版：

手，拍红了，拍疼了，拍麻木了……随着刘德华踉跄的背影和金城武抱着倒在雪地上的章子怡悲痛欲绝的画面在银幕上的定格，随着凯瑟琳·巴特尔那极具磁性和穿透力的歌声，随着字幕一行行地滚动，全体观众起立鼓掌，掌声如暴风骤雨，似乎要掀翻戛纳艺术中心的穹顶，渐渐地又变成了有节奏的击掌，5分钟，10 分钟，20分钟

像是要永远鼓下去。

章子怡的脸上淌满泪水，泪水映衬着她那东方式的迷人的微笑；金城武、刘德华第一次经历这样的场面，一时间竟显得有些不知所措；张艺谋是见过大世面的，面对此情此景也不禁为之动容，带着他的三位演员频频地向观众鞠躬致谢，但观众还是“不依不饶”，把巴掌拍得更响。

这是昨天发生在戛纳电影节《十面埋伏》展映式上的一幕，组委会主席昆汀·塔伦蒂诺与张艺谋紧紧拥抱。

国产影片在这里受到如此的欢迎，作为中国人的那份自豪感，在记者的心里涌动、弥漫、升腾……

随着故事情节的发展、人物命运的揭示，特别是“张艺谋智慧”的一个个展现——“四箭封喉”、“竹林追杀”、“绝命飞刀”、“梅姐现身”、“小妹殉情”……掌声又5次在影院里响起。

而德国某电影周刊的年轻女记者，认为《十面埋伏》

是张艺谋拍得最好的电影，“如果参加竞赛，可以拿‘金棕榈’！”

宛如张艺谋

上海首届国际大学生电影节。
杨超《旅程》首映，
顾长卫上台。

主持人：我们知道《旅程》是你执导的第一部作品。
顾长卫：这是杨超导演执导的第一部作品。
主持人：哦，那你这次和杨超导演去戛纳有什么特别感受？
顾长卫：我真的好想跟杨超导演一起去戛纳。

杨超戴帽子真像张艺谋。

长相当然是重要的

《特洛伊》告诉我们一个真理：
长得帅就可以开战
挖墙脚、违约、临阵逃脱、不会慈悲为怀、贪婪地收木马……
虽然都不是希腊人所为，
但希腊人还是坏人，
因为他们长得丑，
没有特洛伊人帅。

沃尔夫冈·彼德森如果明年能得奥斯卡，

一定会像索非亚·科波拉站在奖台上感谢王家卫一样
感谢张艺谋。
《特洛伊》太像《英雄》了。
外国人也有不学好的时候。

■ 像吴宇森一样放鸽子

1.
吴宇森在影片里会放鸽子，
上海电影节比吴宇森还会放鸽子。

2.
一坨广州朋友每天跟我交换谁来、谁不来的消息，
到了第三天，
“来”的一一被“不来”的代替，
他兴高采烈地取消了自己来的行程，
一坨连评委都会缺席的电影节，
对它所做的最有意义的事情，
就是列一个缺席全名单。

3.
与“取消了”
最完美的搭配是“这不是我的责任”。
如果这两句中间再加上“因故”二字，
没错，
欢迎你来到货真价实的上海国际电影节。
如果你还能听到“无可奉告”，
恭喜，
你走近了电影节高层。

无处不在的剪刀手

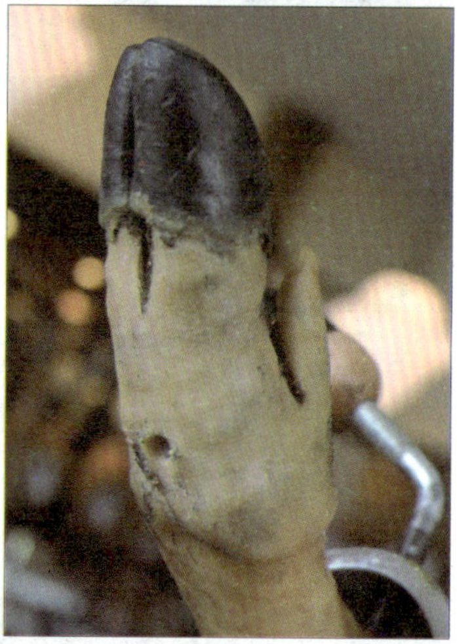

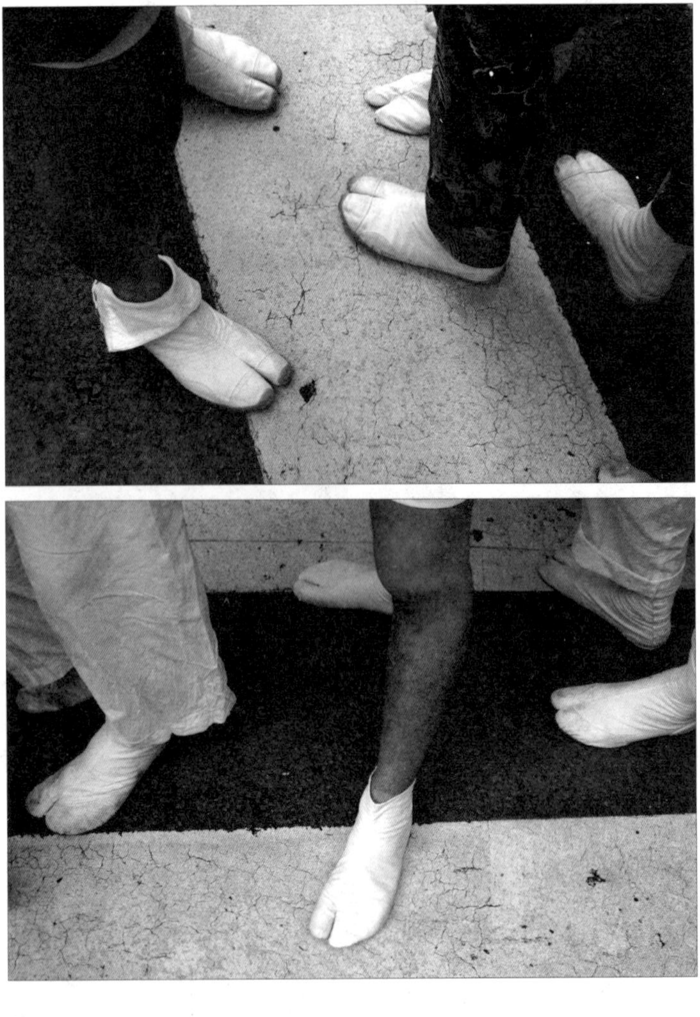

剪刀

4.

上海电影节闭幕式。

一坨德国记者向电影节新闻发言人提问：上海电影节的“国际性”体现在哪里?

新闻发言人：我无法给你任何解释，因为这里没有组委会的人。

稍顿——

新闻发言人：但是，我可以安排你专访组委会的人。

附：

缺席的人

缺席：大卫·恺撒

身份：评委

应出席场合：上海电影节

解释：他有新片要拍摄——评委缺席并不是稀罕事——一个评委的缺席丝毫不会影响此次的上海电影节。

缺席：中国香港电影导演刘伟强

身份：嘉宾

应出席场合：中国电影产业化发展与国际合作讨论会

解释：无

缺席：中国年轻导演张元

身份：嘉宾

应出席场合：中国新电影导演对话国际著名影评人讨论会

解释：无

缺席：《猜火车》导演丹尼·博伊尔

《猜火车》编剧安德鲁·迈克唐纳

身份：嘉宾
应出席场合：英国电影论坛
解释：两个人都在英国赶拍新片，没有时间过来

缺席：韩国演员全智贤
身份：红地毯嘉宾
应出席场合：上海电影节开幕式
解释：无

缺席：中国演员姜文
身份：颁奖嘉宾
应出席场合：上海电影节闭幕式
解释：无

缺席：泰国电影《我记忆中的女孩》剧组任何成员
身份：获奖者
应出席场合：闭幕式
解释：无

缺席：上海电影节组委会
身份：上海电影节组委会
应出席场合：闭幕式后评委见面会
解释：无

■ 短信刀狼

夜深了
一个短信闯入了我的生活：
“正在跟刀狼喝酒，你要采访吗？”
辗转反侧

荔枝剥到一半
《秘窗》快看完了
好难抉择
只能将剩下的荔枝一一剥开
"要"、"不要"、"要"、"不要"
官人我要。
得到对方回复："刀狼只接受我独家采访，你采不了了，
这个新疆人脾气很怪的。"

早知道荔枝不吃那么快啦，
不要钱钱啊。

第二天，
明媚的阳光撒在我的窗台上，
一条短信又闯入了我的生活：
"靠，气死我了。

"本来约好刀狼今天10点采访，带着摄影师到酒店，
丫已经坐8点的飞机走了。"

难怪刀狼会火
8点的飞机！早上8点的飞机啊！

赵忠祥之后又一个

李咏广州记者招待会，
一个半小时的提问时间。
终于有一个记者勇敢地站起来，
面向李咏，
沉毅而坚定地说：

“听说你是中央电视台继赵忠祥之后又一个……”
掌声、欢笑声响彻云霄。
李咏在上面
记者在下面，
通过拥挤的人潮，
缓缓传出最后几个字：
“——被重点培养的对象？”

■ b1—头条—全场紧逼

“奶猪接客室”
独家专访李丽珍。
一直被大标题困扰，
离签片还有11分钟。
半版广告和四分之一的广告到了，
半版广告，
位于李丽珍头像的下部。
主题：“阴道炎，没想到这么快就好了”

两条白肉蒜青天。
大标题顿时确定：
《李丽珍，没想到这么快就好了》

■ 1364116168X

刘德华在《天下无贼》里的号码。
在刘若英的手机机上看到的，
可惜没有看清刘若英的号码。

拉远点，再远点

应该怎么偷走那些烂玻璃，同时还能证明它们是敕使川原三郎跳过的烂玻璃

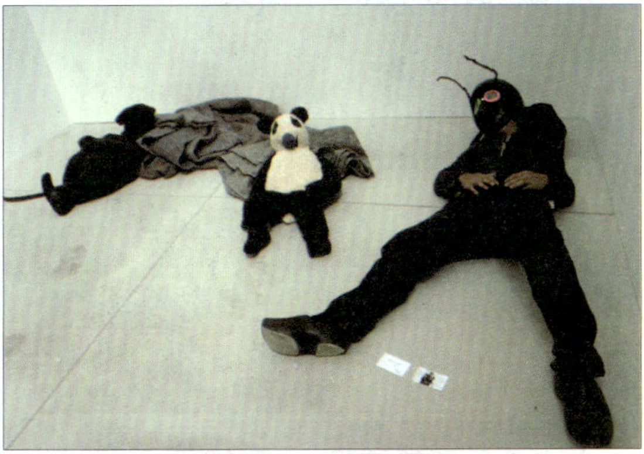

抢占广告位

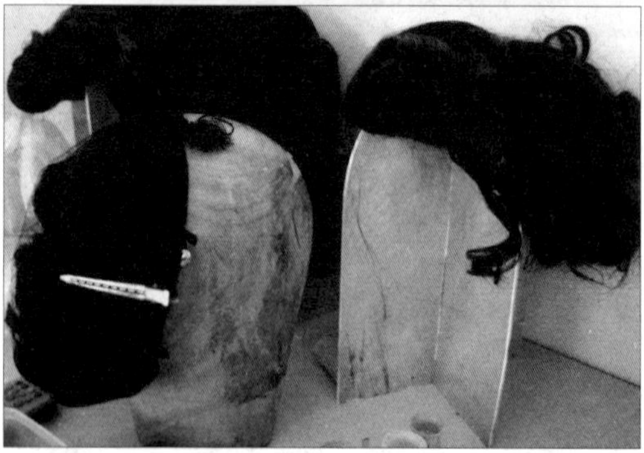

发型

打了好多次，
是接通的声音。
但是没有人接，
5 声之内必被挂断。

原来刘德华也担心话费太多，
掐掉，
然后用座机打过来。

■ 真是短信

每过一个月，我就会收到房东的短信：

“天地物业的中介小姐在问我要你的电话想带人看楼，但我暂时没有给她。她说她自己找看是否曾有留底。我告诉你并没有别的意思，不信你可以去问曾为我们见证签约的小姐，她给我放的是 2000 元，我估计她同样也会蛊惑你另找便宜的房，这样就可以达到三赢了。”

有本事就再长一点
像文隽收到的这个尺寸：

“文先生，你好！我是尔葳，今天发短信打扰你，是有一事相求。我近几年做了一些张曼玉的电影研究，也写了一个影评集，其中有一点是关于她个性和生活情况的介绍（是根据媒体报道做的综述）。最近，有家出版公司将这个文集编成一本书出版，配了很多图片（图片都是从《香港电影双周刊》和图片网花钱买的）。

因主要内容是评论，不是曼玉的个人传记，所以我也没想到去问她要授权。但这事让张曼玉的经纪公司不高兴，说保留起诉的权利。我本来也没拿多少稿费，更重要的是欣赏她，才研究她，本意上绝没有伤害她的意思，我甚至以为她会很喜欢这本书的出现。现在这种情况，我想求你帮我个忙，请你帮我打个电话给她，向她转达我的歉意，就说我本意绝没有不尊重她，伤害她的意思。我是一个严肃的作者，这一点，张艺谋、陈凯歌、巩俐、姜文都可以证明，因为我写过他们的传。而对张曼玉，我内心里尤其尊重她，甚至希望她有可能来主演我们想操作的一部电影。

总之，希望她不要再生气，也不要太计较这件事。得到这次教训，我们下次做事一定会和她商量。谢谢你！一定要帮这个忙，谢谢！祝好！李尔葳致。”

现在准备还来得及吗？

冯小刚生日宴上
交流办奖心得。
其导演北京导演学会奖时，
体贴入微，
送每个下机的人一坨指定羽绒服。
羽绒服内兜缝备用大扣子一坨，
大扣子外套一坨银色方形包装，
边长约拇指长短，
四周压膜，
中间圆形扣子微微隆起。
导演们习惯性插入兜兜
摸到，
嫣然一笑：
“你们真细心，连这个都准备好了。”
冯小刚大急：“那不是安全套，是扣子。”

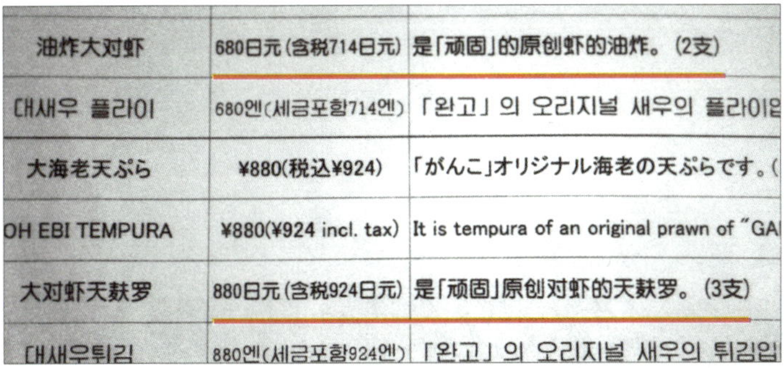

油炸大对虾	680日元（含税714日元）	是「顽固」的原创虾的油炸。(2支)
대새우 플라이	680엔(세금포함714엔)	「완고」의 오리지널 새우의 플라이
大海老天ぷら	¥880(税込¥924)	「がんこ」オリジナル海老の天ぷらです。(
OH EBI TEMPURA	¥880(¥924 incl. tax)	It is tempura of an original prawn of "GA
大对虾天麸罗	880日元（含税924日元）	是「顽固」原创对虾的天麸罗。(3支)
대새우튀김	880엔(세금포함924엔)	「완고」의 오리지널 새우의 튀김입

神奇的汉字之：顽固

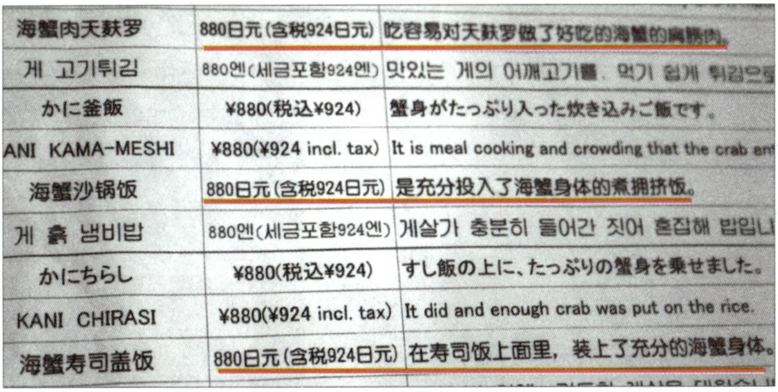

海蟹肉天麸罗	880日元（含税924日元）	吃容易对天麸罗做了好吃的海蟹的肩膀肉。
게 고기튀김	880엔(세금포함924엔)	맛있는 게의 어깨고기를. 먹기 쉽게
かに釜飯	¥880(税込¥924)	蟹身がたっぷり入った炊き込みご飯です。
ANI KAMA-MESHI	¥880(¥924 incl. tax)	It is meal cooking and crowding that the crab en
海蟹沙锅饭	880日元（含税924日元）	是充分投入了海蟹身体的煮拥挤饭。
게 솥 냄비밥	880엔(세금포함924엔)	게살가 충분히 들어간 짓어 혼잡해 밥입니
かにちらし	¥880(税込¥924)	すし飯の上に、たっぷりの蟹身を乗せました。
KANI CHIRASI	¥880(¥924 incl. tax)	It did and enough crab was put on the rice.
海蟹寿司盖饭	880日元（含税924日元）	在寿司饭上面里，装上了充分的海蟹身体。

神奇的汉字之：拥挤

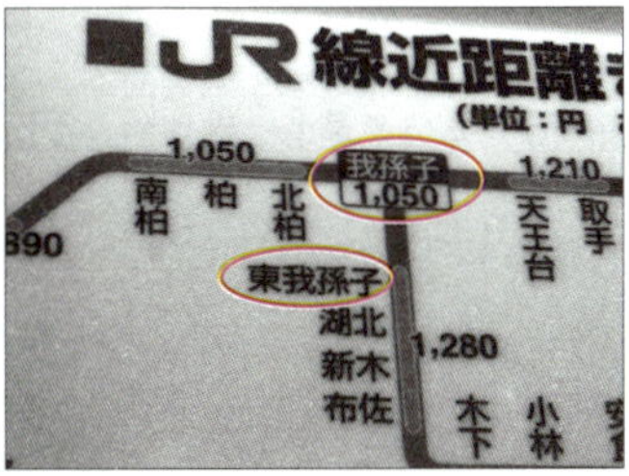

神奇的汉字——拍自韩国片场

看人家日本佛教是怎么赚钱的：人形纸
看人家日本佛教是怎么赚钱的：在上面写上自己的生辰八字
看人家日本佛教是怎么赚钱的：再把纸融在水里
看人家日本佛教是怎么赚钱的：名字浮起，人形下落，人就活转过来了

■ 不要感谢我，感谢那个时代

遇见一坨中央台的妹妹
寒暄，
报名，
又是这句——
“你就是那个对着赵忠祥说‘你就是供我们娱乐的’人？”
“……”
“你怎么敢那样说他？”
“……”
“我们在台里都要绕着他走，谁都得叫他赵副台长，你可帮我出了一口恶气。”

我一直想问赵老师，
他说自己也录了音。
是不是在旁边放了一只鹦鹉和一只八哥？

■ 呸勇俊

1. 裴勇俊到中国第一夜，
点名跟张艺谋吃饭。
张艺谋大喜，
携两坨摄影记者同往，
被裴勇俊保镖扣在门外。

2. 谁说裴迷都是师奶？
据说
还有嫁不出去的小姑娘。

3．其实勇俊除了演戏不好，
不会回答问题，
其他都挺好的。

■ 二锅球

韩老师，
当然是可爱的乔生，
莅临广州——这几天全世界都在莅临广州

赴晚宴路上短信表哥这坨喜讯。
表哥批示：注意口误。
边看短信边进门，
尚未落定，
就听见韩老师明快的一级甲等普通话：
“服务员，还是来二锅球吧。”

■ 打牌的力量

1．王菲最著名的段子是张国荣讲的：
有一天王菲、刘嘉玲打麻将，
刘嘉玲在王菲后面，说：“王菲，你这个牌怎么会这样打？打坏了。”
王菲回过头来，严肃地说：“我告诉你，你说我唱歌不好，我认了。你说我搓麻将不好，打死我也不认。”
据说王菲打麻将全凭直觉，只要能做大牌，绝对不糊小牌。

2．叶璇曾经在牌局中途睡着过。

二筒和牌，
她自摸了四次二筒，
全部扔了出去。

3．张国荣说自己跟唐鹤德维持恩爱的秘诀有三个：
任剑辉和白雪仙的粤剧；
美食；
麻雀。

4．看到张国荣说“麻将”
我还是比较吃惊，
香港人不是都说“麻雀”吗？

5．曾经有一坨单机版游戏《明星三缺一》，
宣传口号是“跟曾志伟一起打麻将”，
实际上跟你打麻将的还有吴君如、胡瓜等 9 个明星，
游戏里面胡瓜每次出二条的时候都会说：“还是双眼皮。”
但你要是跟现实中的“双眼皮”胡瓜打麻将，
就会跟吴宗宪一样下场，
胡瓜曾经因为打麻将赢了吴宗宪 200 万元新台币，
而被台湾税务部门要求缴纳“麻将税”。
虽然胡瓜辩解说这 200 万新台币是好几年来积累赢过来的，
试问谁又会相信呢？

6．林夕：我经常在麻将桌上寻找歌词的灵感。
袁和平：我经常在麻将桌上思考下一个动作。

7．邵氏电影公司清水湾片场，
当年前不着村后不着店，

大家的爱好就是“双打”：打毛衣、打麻将。
公司麻将等级极其严格：
工作人员跟工作人员打，明星跟明星打。
可惜，
邵氏女明星更喜欢为了谁上封面对打，没人愿意组织牌局。
工作人员们天天都有牌局，
他们的门上都有一个牌子，
如果当天自己有空，
就把牌子挂出来，“就像青楼的小姐一样。”
李翰祥大女儿李燕萍就是经常有空的那个。

8. 哦，
刘德华不会打麻将，
他喜欢——锄大地。

附：

榜样的力量

《胡适留学日记》
7月4日
新开这本日记，也为了督促自己下个学期多下些苦功。先要读完手边的莎士比亚的《亨利八世》。
7月13日
打牌。
7月14日
打牌。
7月15日
打牌。
7月16日

牵手

为了减肥

劲量

听说这是免检产品

尽量精准

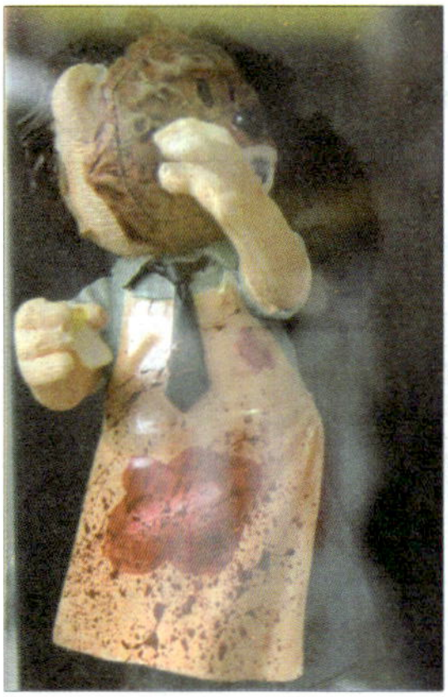

兼职的麻烦

凉快

听说快下班了

你是说要交换真心的……

知道了，有6条

不准跑

听说贾樟柯要来……

差点走错了

这个动作好熟

胡适之啊胡适之！你怎么能如此堕落！先前订下的学习计划你都忘了吗？
子曰："吾日三省吾身。"……不能再这样下去了！
7 月 17 日
打牌。
7 月 18 日
打牌。

下流

就是著名的王刚，
怒了，
说《康熙来了》那两坨女编导：
"年纪轻轻的，你们怎么能够问得出来这些问题？"
这些下流问题是：
1. 你在大陆的 fans 对你做出最疯狂的举动是什么？
2. 是会在楼下等你，还是会上楼敲你家的门？

采王朔是不是今年最容易做的事情？

只报自己的名字，
王朔就回过来电话。
让我下午过去，
我不好意思地说：明天行吗？
终于发现了王朔的弱点。
整理录音
4 个小时的录音
整理用了 48 小时。
谁让他说话那么暴露，

完全不敢拿去给速记公司。

附：

王朔语录

1、

张艺谋当年用巩俐，她不合适他怎么用她啊，他跟她有什么关系啊，关系都是后来的。包括章子怡，关系都是后来的。

2、

贾樟柯就是老用自己的演员，为什么有时候导演愿意用自己的情人，他对这个人熟，他知道这个人有很多方面，拍起来带着感情，能扬长避短。

3、

徐静蕾还在发展阶段，看过《花仙子》吗？我觉得她有点像娜娜小姐。

4、

张艺谋是个巨匠，在我中华复兴，大国崛起，需要这么个文化巨匠在这里头，勤勤恳恳给你铺张门面，咱中国人不是好面子吗？

5、

挣钱不是全部，交配也不是全部，那就是青春期的事，会过去的。我这个岁数可以讲这个话了，有人没年轻过，没人没老过，您呢旺盛的性欲都会过去的。

6、

《看上去很美》给我删掉两万多字呢。校对说你写字不规范……他全给我调整过来了，我都不认识了，“找不着北”全给改成“不知道北在哪里”了。

■ 艺术又果然是没有界限的

方力钧请客，
美术界大型饭局。
席间众人因《青藏高原》谁唱得好争执不休，
一边支持韩红，
一边支持李娜。
方力钧眉头一皱：“这有什么好争的？”
全桌低头。
他掏出手机：“我把两个人叫来，PK 一下不就完了吗？”

■ 贺电

威尼斯电影节颁奖后
收到姜文发来的贺电
遵医嘱
张贴如下：

念奴娇

姜文

云飞风起，莫非是、五柳捎来消息？
一代人来、一代去，太阳照常升起。
浪子佳人，侯王将相，去得全无迹。
青山妩媚，只残留几台剧。
而今我辈狂歌，不要装乖，不要吹牛逼。
敢驾闲云，捉野鹤，携武陵人吹笛。
我恋春光，春光诱我，诱我尝仙色。
风流如是，管他今夕何夕。

■ 星座大国

被姜文拖去看《太阳照常升起》广州首映。
群访室。
　　我：你觉得黄秋生为什么自杀?
房祖名：我觉得 $%$^%*^(*^……
群访结束，
房祖名大喝一声：等等!
众人皆停，
房祖名：我也想问你一个问题。
　　我：什么?
房祖名：你是什么星座的?

■ 欣赏

关锦鹏说他很欣赏侯孝贤的那句“即远且近、即近且远”，
他说：
好复杂哦!
就是深深浅浅嘛。

■ Hero日

1.
早起
急着做版，
忘了涂防晒霜。

幸亏有全日食，

1、横滨。全日本最大的唐人街。第一多的是熊猫。第二多的是李小龙。

2、于是我就买了一坨熊猫+李小龙。

帮我挡住了好多太阳。

2.
看来，
我只能等下次日食
才能变成 hero 了。

3.
对了，
有谁能告诉我，
为什么每年都能遇上好多
百年、五百年、千年
难遇的 ×××× ？

我错了

既然去了汕头，
就想把周星驰采了。
给他递了张名片，
说：晚上有时间吗？
他拿着名片，
看了我几眼，
怔了足有一分钟，
说：晚上我给你电话。
结果当晚他就被拉回了香港。
难道名片上
就没有印“记者”二字吗？

■ 麦兜你好，我叫麦兜

1.
跟领导解释“麦兜精神”，
解释为什么那么多人喜欢把自己比喻成“麦兜”，
未成功。

2.
另一坨题目，
与领导、记者三人 msn 上交流。

领导问记者：你的提纲呢?
记者：还没给你。
领导问记者：你的资料呢?
记者：明天给你。
领导问记者：你不是说今晚交的吗?
记者：我的网一直上不去。
领导对记者：你现在不是就在网上吗?

领导对我：这丫头怎么回事。
我对领导：呃……这就是典型的“麦兜精神”。

良久。

领导对我：说起麦兜，你的麦兜稿子呢?
我对领导：采访录音已经出来了……我还想采几坨配音演员……最晚周日给……
领导对我：你也很“麦兜”啊。

■ 在我们中国

1.
广州环市东
土耳其餐厅，
一坨俄罗斯人吃饭后，
愤然与土耳其老板争吵，
歌词大意：
自己没点其中一道菜，
但服务员给其上了，
于是自己不能为此付钱。
该俄罗斯人最后一句话：在我们中国，没你这么不讲道理的！
土耳其老板顿时愤怒：这不是你们中国，是我们中国！

2.
北京，
某银行，
两坨黑人去存10万元人民币。
银行职员以“系统故障”婉拒。
黑人出。
一会儿后，
两坨另外的黑人又进，
同样存10万元人民币。
银行职员只得受理，
1000张100元滴人民币（这回我算对了吧）
在验钞机里蜿蜒。
最后，
银行职员发现，
这1000张人民币里，
还是有3张真币的。

好鬼熟

广州体育西。
晚上10点
两坨超短包裙女，
在路边
截住一坨吸管男。
一坨包裙女兴奋地说：哇！你的大卡司在哪里买的？
吸管男一震，看着手中滴塑胶杯：这……不是大卡司。
包裙女继续兴奋地说：我最喜欢喝大卡司的泡沫红茶啦，你想知道在哪里买吗？

注1：
大卡司是一坨“广州创建的正宗台湾饮料”
注2：
去哪里可以承接大卡司电视直销真人版？

恐怖小小说

在牛津大学求学期间，书云和已故著名藏学家迈克·阿里斯学习藏语。

——选自我正在编辑的平客同学的稿稿

不到上海

头等舱
空姐：你的机票是经济舱的，不能坐这里。

乘客：我是王小丫，我是要去上海做节目的。

僵持。

机长出马，
一句话搞定：小姐，对不起，头等舱不到上海。

——鸣谢黑人卿

09/章　　赞

主要是我没想到

手机来电，显示“已被阻止”。

对方：袁蕾吗？

我：是。

对方：我是跟你爸一起打牌的。你爸出车祸了，刚刚送到华西医大急救。

我：嗯？

对方：医生太球坏了，不给钱就不上手术台，我买了张 IP 卡才给你打到电话的。我身上钱不够，你赶快把钱打到 ××××××。

我：我妈呢？

对方：不敢通知你妈，怕她吓到。再说通知了也没用，她哪去找钱嘛。救人第一啊。

我：我怎么知道你是不是骗子？

对方：你叫袁蕾，你爸叫袁 ××，对不对？

我：对。

对方：这不就对了，搞快，再耽误你爸就不行了。

我：你确定是我爸爸的牌友？

对方：那当然。

我：主要是我没想到——

对方：可能他打牌不敢跟你说。

我：我是说，没想到清明才给他烧了一副麻将，他这么快就找到牌友了。

附：

电后感

1. 这简直就像

我起手拿到 AK 同花，

河牌成了同花顺；
对方拿着两对
主动 all in 一样。
不过，
能知道我跟我爸名字，
已经是很大两对了。

2. 据说您丫去上访，
不断排队的时候，
会遇到各种人。
操着您丫的家乡话，叫着您丫的名字，说着您丫的上诉大意，
拍着您丫的肩膀，让您丫到旁边解决。
只要您丫微露惊讶，
他们就会从队伍中把您丫给拖出去，
打成 99% 的精神病。

■ Money Bra

有一种 Bra
可以取掉里层垫子，
然后把人民币换成美元
塞进去，
顿时成为 D 罩。
还可以省去金卡的 300 元年费
还万无一失。

这是我领导告诉我不用办信用卡的解决方法。

人有多大财，

杯有多大产。

■ 推论

因为：我的 msn 永远外出就餐
又因为：英文版的 msn 里永远都是 out to lunch
所以：外国人晚上不上网
又或者：外国人晚上不上 msn

■ 理由

在采访关锦鹏的路上，
我被人问是不是同性恋。
理由：同性恋很前卫；
我很前卫，
所以我是同性恋。

■ 好熟

“对，就是那里进去”，
“再往里面一点”，
“就这里了”！

每次坐的士回家的时候，
都会这样给司机指路。

真是一个浮夸的世界

Q：不早说，我帮林奕华拿的票还在包里，他晚上有事，来不了。（达明演唱会结束后）

F：跟周星驰和陆川在机场吃饭。（在我回广州的火车上收到短信）

我：怎么办，曾志伟还没忘生我的气。（某人问我此次采访有什么收获）

买发票

“要吃饭的还是睡觉的？”

睡觉的。

“要中山的还是清远的？”

广州的。

“要酒店的还是宾馆的？”

有区别吗？

“要定额的还是手写的？”

有电脑现打的吗？

“要千位数的还是万位数的？”

幸亏冥币不是按照位数来卖。

“要花园酒店还是白云宾馆的？”

有三寓宾馆的吗？

“那是什么酒店，等我记一下哦，下次来，包管加上。”

不满足，是人类进步的阶梯。

攀比

L：我收到了曾送杨利伟上天的人发来的短信。
G：我收到了前首富丁磊发来的短信，没回。
N：我收到了现电影局长发来的短信，回他[illegible]电影局长都发短信过来了：你是哪位？

年度主题

继去年传媒奖，
Howie 导演的《华[illegible]在哪里》大型专题纪录片中，
我不停[illegible]断的“嗯哼”之后，
今[illegible]
[illegible]到佳音。
[illegible]在场嘉宾以及明星回忆，
直到现在
耳朵里还回响着我响彻全场的：
“你！要么给我坐下，要么给我出去！”

据目击者事后回忆，
刘德华带头乖乖坐了下去，
果然怕被我赶出去。

拿钱消灾

要开门红包。
以前不好意思问的八卦，
事主纷纷愤然公布：

A. 我也要给利是啊，我都离婚好多年了。
B. 我也要给利是啊，我才刚刚结婚。
C. 我也要给利是啊，我都快离婚了。

可见经济危机之猛。

其中，
最欣赏的还属贵报经济部一把手 M：
“利是可以给，但我只有 100 整的……你可以多少找给我一些吗？”

■ 国庆馅礼

某小强
去大只佬家做客，
进门就问：包子什么馅的？
众人异口同声：前列腺的。

■ 一个价

买西瓜。
老板：买我的吧，我的是无子瓜。
我：我要有子的。
老板：无子不麻烦啊。
我：但我想要有子的。

转身，走。
老板拿出一包煮瓜子放在西瓜上：最多算你一个价。

国家大剧院

1.
世界上最令人发指的，
莫过于在北京最冷的那天，
第一次坐的士去国家大剧院，
的士把您丫放在水边
您丫突然发现，
从没有任何报道告诉您丫，
该从哪里下水

2.
安德鲁的设计，
简单来说，就是：
看得到，
摸不到，
心如刀绞。

3.
一问：为什么国家大剧院用那么多品种的石材？
一答：因为开始买的那种卖完了。

4.
瞻仰完大剧院，
我坚信，
丫们是靠没收打火机
来维持经营的。

■ 什么叫平和

“当代中国艺术”拍卖会，
同样有曾梵志的作品，
《无题》。
320 万港币起拍，
缓缓爬到 420 万停止。
虽然没有达到 480 万的预估底线，
还是成交了。

买家是一对来自新加坡的中年夫妇。
他们平和地说：“哦，我们买来是装饰房间的。”

■ 最佳提问

买纸钱烧给爸爸。
老板：给爸爸？
　我：对。
老板：男的还是女的？

■ 工作狂

卖旧书报，
收废品的送上一坨名片
上书：×× 大厦垃圾回收人员。
手臂中段，
赫然亮出一坨文身，
上文一个大字：收！

■ 功夫Prada

天河电影城，
《功夫熊猫》片头，
英文名亮起，
声音幽幽地从座位间传来：Kong Fu Prada

■ 世界上怕就怕"专业骗子"二字

早上10点，
被电话吵醒。

1、请问是不是

对方：我这里是广电总局会员管理中心，请问你是袁蕾女士吗？
我：是。
对方：为感谢您长期以来对广电总局的支持，广电总局和国家奥组委现在决定送给你奥运纪念礼品一套，想跟你核对一下地址。
我：广电总局？
对方：对。请问你的地址是不是××××××？
我：是。

2、本人签收

对方：好，稍后我们的物流部门将跟您核对快递时间，由于这套礼物比较贵重，价值1998元，所以需要你本人签收。

我：哦。

对方：此次礼物是由中国邮政储蓄的EMS发出，收到后请核对礼物内容。此次礼物包括：电视购物打折卡；限量版水晶福娃一套，福娃你知道吧？

我：诶……知道。

对方：奥运之后升值空间很大，请妥善保存。另外还有欧莱雅公司提供的化妆品一套，价值998元，就是巩俐代言的那个；还有欧莱雅公司再提供的黄金补水面膜套装，价值299元。

我：哦。

3、快递费

对方：礼物将在两个工作日内发送，请注意查收，同时支付快递公司499元快递费用。

我：为什么要我支付快递费用？

对方：广电总局没拨给我们快递费。

我：唉

对方：你手机上的电话是我们的总机，我的工号是611，有问题可以随时联系我们。

插播诗一首。

如果丫们是骗子

如果丫们是骗子，
内容、语气、节奏、贴合度
赞到一瞥。

如果丫们是骗子，
如此周折也只骗499元，
不贪心，模式可复制，
再赞到一瞥。

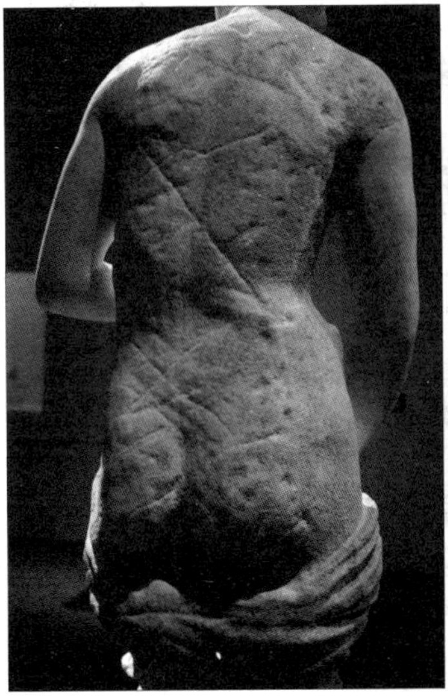

古代SM

古代集结号?

我真的信了

真的是……一一对应

如果丫们是骗子，
为了丫们骗人滴专业性，
我甘愿付出 499 元。

况且，
广电总局，
干得出来，
这种事。

为了进一步考验其专业性，
回拨“总机”——

1、会员管理中心

我：哪位刚才打我电话?

话务员：您刚才没接到电话吧？我们这里是会员管理中心，请问您贵姓？（已经没有了“广电总局”）

我：什么会员管理中心?

话务员：小姐您贵姓?

我：姓袁。

话务员：我们这里是北京广电总局会员管理中心。（真的是为我量身定做的会员管理中心，虽然前面多了坨“北京”）

2、你查“广电”

我：你们怎么会有我电话的?

话务员：嗯……应该是您之前参加过一些电视购物活动留的资料。（其实她就应该马上转接我的

专业对口话务员）

我：我没参加过啊。

话务员：没关系，现在北京广电总局联合国家奥组委将赠给您奥运纪念礼品一套，礼品包括……（其实她真的该马上找我那坨话务员）

我：我怎么没听说过你们啊。

话务员：你上网查就知道了。

我：我就在网上啊，没有你们会员管理中心。

话务员：你查“广电”，有没有出来内容？（赞一嘴她的气势和应变）

我：有。

话务员：那不就对了。

3、799 元

我：但还是没有你们“北京广电总局会员管理中心”啊。

话务员：（沉默一会）现在您中奖了，礼品价值 1988 元，其中包括打折卡，水晶福娃，价值 998 元的欧莱雅套装，和价值 299 元的欧莱雅面膜。

我：那水晶福娃价值多少？

听筒被杂乱滴捂住，良久，

话务员：799 元。（严重职业漏洞）

我：你们的地址在哪里？

话务员：（再次沉默良久）中关村。（严重职业漏洞）

我：广电总局不是在复兴门吗？

话务员当机立断，挂断了我的电话。（严重不淡定）

其实，
我下一句话就是——
“我要了。”

■ 有其女必有其母——妈妈在成都

地震第一天

背景：大地震，人人往平地逃生。

妈妈：我刚刚熬好的排骨汤，刚才打倒了，好可惜。

地震第二天

背景：成都停水停电，开始出现抢购骚乱。

妈妈：不要找人来看我，吃的有，喝的也有。就是停气了，煮不成东西，我下楼吃点热的。

地震第三天

背景：订机票，准备接妈妈来广州。

妈妈：真来广州啊？那我现在出门，把家里吃的和水全部捐出去。

地震第四天

背景：谣言暂时平息。

妈妈：我去给你们记者站的同事煮点东西送过去吧。家里还有几瓶酒，也给他们喝了，不然再震还得摔碎。

地震第五天

背景：哥哥每半小时发布可能再大震滴谣言。

妈妈：地震没把我震死，你哥把我折腾死了，我跟他说，把手机震动关了。

地震第六天

背景：忘了。

妈妈：我去看了哈我们新买的那个房子，好！没被震垮。

地震第七天

背景：6级余震，成都人又开始恐慌。再次让妈妈来广州。

妈妈：人家飞机还要运伤员，你不要打电话了，烦不烦，我睡午觉去了。

■ 这坨记者有前途，赞！

北川老县城解禁接受民众悼念。

中新社北川五月十日电 五月十日下午，汶川特大地震周年来临之际，在地震中遭受重创的北川老县城——曲山镇再次解禁，接受群众的祭奠。

去年震后的北川，老县城里手机信号是很珍贵的东西，即使在通信发射车的一侧，手机信号依旧断断续续，更不用说是GPRS信号了。

今天，在这里，3G信号良好。

■ 按流程

贵报实行新流程。

第一天，

一早，

接到电话，

二叔死了。

按流程做版，

直至周三。

版毕，

转头问领导："我好像记得我有坨亲戚死了？"
领导："对，你二叔死了。"
我："流程上怎么没写？"

■ 愚人节

给清洁工打电话。
我："可以过来做清洁吗？"
清洁工："可以。"
几分钟后，
清洁工打电话回来："袁小姐，你不是骗我的吧？"

■ 严谨王

德国领事馆签证处。
签证员：你还缺两个签名。
我：（翻箱倒柜）可以借一下笔吗？
签证员：我这里没有笔。
我：（很眼尖），指了指丫面前的笔。
签证员：我只能提供圆珠笔，但签名需要签字笔——
你如果要使用圆珠笔签字，我可以借给你签，
但圆珠笔签字是无效的，请问你需要借吗？

■ 宅急送

必胜客开设宅急送。
幻想，
蜘蛛侠

没有在规定时间内送到。
问：20 分钟内送不到，是不是比萨就算送的？
答：20 分钟内送不到的地方，我们是不会送的。

25孝

家庭饭饭，
上至姑妈下至侄儿相聚一堂，
众人要小辈表决心，
长大后如何孝顺父母。
小侄儿摸着妈妈的脑袋——
“以后你们老了，
大小便失禁了，
我就给你们买条好狗狗，
给你们舔干净。”

采访

丫：你来了都不通知我？
我：我来采访，时间比较紧。
丫：我这里正好有几个艺人给你采访啊。
我：我过来是要做专题，有针对性的，而且时间也比较紧。
丫：那我就抓紧时间给你安排采访啦。

丫：对了，你来采访报社负担你的费用吗？
我：负担，不用费心了。
丫：住宿和交通都负担？
我：对，全部负担。

丫：那就好，我们香港采访艺人，都是大家到外面喝个咖啡啊，一般规矩是采访者给钱，没理由让艺人给钱的嘛。

我：……

丫：大家去中档一点的地方啦，不要去什么君悦啊文华啊，一杯咖啡就五六十元，你一杯，艺人一杯，助手一杯，我一杯，就 200 多元了。

我：……

丫：我可以介绍你去又一城一家咖啡厅，英国的，很便宜的。法国来的制片人，我们都带去那边的。

■ 又见应用题

交管课，
大肚教官多次尝试用生动的类比手法
痛斥车祸猛于虎，
未果。

“中国有 7××× 万辆车，你知道有多少人死于车祸么？”

……

“2×× 万啊！”

……

“那你们知道日本有多少辆车么？”

……

“7×× 万！”

……

“那你们知道日本有多少人死于车祸么？”

……

“算算嘛，照中国那个车祸比例，日本有多少人该死于车祸？”

全场皆醒，
齐声回答：
“都该死！”

■ 虾米叫淡定

在报社编版，
抑郁症复发，
对着版样大哭。
20 分钟后，
领导关切滴说：哭完了吗？哭完赶紧把版样送过去。

■ 编辑部的故事

《王朔访谈实录》
一共两个正版，
因为实录，
所以其口头禅“操”、“他妈的”尽收其中。
总编看后回样，
批示：“操他妈的太多了。”

■ 有礼貌的孩子

某餐厅服务生
训练有素
狂有礼貌
语速奇快
每次开口必加“你好！”

比如
“你好请坐！”
“你好请问吃什么？”
“你好热毛巾！”
……
吃着吃着
该服务员走到餐桌前
欠身说：“你好不好意思鱼都卖完了。”

——讲述者，翠儿

■ 受访狂

某知名艺人助手 A 来电。
A：你们可以来采访一下 A 吗？
我：我们一般不……
A：不用说好话，问绯闻都可以。
我：我们一般也不……
A：体制弊端、和 ×× 的 PK、生存压力呢？
我：万一……
A：这样说吧，你们想她说什么，她就可以说什么。我们可以全体剧组一起帮你证明，她就是说了。

■ 沙发

看话剧《白鹿原》。
大厅里放着一坨留言簿，
上书：请您留下宝贵意见。

第一页，
小女生娟秀的字体：
“沙发？”

■ 瘦

我躺在电脑椅里，
远看，
宛如给电脑椅搭上了一坨漂亮滴毯子。

■ 听说又油荒了

我决定
为解决油荒做实事：
1．不吃花生油、麻油、橄榄油。
2．停用控油洗面奶。
3．吸油纸吸完油后，都扔到加油站去。

■ 开了整整3天年会

我的绘画、书法以及空心字水平
又有了一次质的飞跃。

■ 灭虫器

买了一坨超声波电磁灭虫器之后，
楼上的小屁孩没玩冰鞋了；

隔壁家的小屁孩没有再学吹小号了；
走廊也没有小屁孩打羽毛球了；

灭虫器声称灭虫范围 46 平方～ 230 平方
果然不假。

■ 服务质量

买保险够 2 年，
自杀也能得到全额赔付？
保险经纪："是的，届时我们将会提醒您。"

据说这是每坨保险经纪都会讲的笑话。

■ 温馨提示

公安局办证中心，
宽敞、明亮、设施齐备。
墙上电子提示器一闪一闪亮晶晶，
其中一行红字，
宋体——
"注意小偷，谨防被盗。"

■ 广州打gay

广州反恐打黑。
领导批示：
凡是骑摩托的，打！

下人上奏：领导，这样目标太大，恐无法打尽。
领导平易近人，
修改批示：凡是两坨男人同骑一坨摩托车的，打！

■ 绝对

首尔，
京畿道，
韩国横店影视基地。
古装街道的
柱子上，
苍劲有力地写着无数诗歌：
“春眠不觉晓，秋日漾日落”。
“白日依山尽，城春草木深”。
“风雪夜归人，粒粒皆辛苦”。
“白发三千丈，更上一层楼”。

■ 先锋的光芒

据说，
先锋光芒让全广州死文艺青年都动起来了。

中华广场，
电话响起，
售票员熟练地接起电话。
良久，
很有耐心地说：
“我们12点放《千里走单骑》
2点钟放《17岁的单车》

但从没有放过《千里走单车》。

又见服务员

五羊新城沸腾水煮鱼，
盛产服务生。

1.
饺子
某年冬至
惯例吃饺子，
点了两碟饺子。
服务员没有下单
曰：这里饺子好贵，还是吃点其他的吧。

2.
麻婆豆腐
我：小姐，麻婆豆腐的“麻”在哪里？
服务先生：我帮你问问。
10分钟后
麻婆豆腐再上
服务先生：这次肯定麻，我帮你尝过了。

请恕我十分欣赏网易

投票：
美女作家赵波为什么跳楼？
A．被网友批不够美。
B．书卖不掉。

C．与某 CEO 的绯闻不被对方承认。
D．其实是往上跳。

■ 没有更贱，只有最贱

台风时要带多少钱才能出门？
……
四千万——“台风时没事（四）千万不要出门。”

■ 原来“炒饭”的意思，就是“开除米饭”

快餐店，
供应炒饭、粥、粉、面。
四人翻到炒饭牌牌：
“小姐，我要番茄牛肉鸡蛋。”
三声“我也是”之后：“小姐，来四个番茄牛肉鸡蛋。”
小姐：“诶……要不要加上米饭呢？”

■ 其实香港很也冷

背景：A，著名影评人。
A：听说《×××》不错啊，你去看吗？
我：要啊。
A：到时候跟你一起去。

几日后，
《×××》上映，
片尾“本片字幕：A”。

为毛时尚大牌就没有想到出秋裤呢

稳

请勿自带骨灰

据说殡仪馆一般不收外来骨灰盒里的骨灰。
某骨灰盒商人痛斥：
“就像在西单买了衣服，却不能穿着在王府井走路。”

回去就这样讨价还价。

反清复明

郭小狼：你死后，墓志铭会用哪句?
度例假：断奶?
郭小狼：应该写上“我的死，与蒙牛无关。”
度例假：背后是“丫的死，是光明的事。”

我怕来不及

被眼镜行促销电话吵醒。
小姐声音甜美、亲切：
“……本行决定在国庆期间展开7天购眼镜优惠活动……”
国庆?
“对啊，五一不是马上要完了吗？”

亲自

某大报
招聘记者，

最后一轮面试。
应聘者：我想问最后一个问题。
　主编：请讲。
应聘者：以后我需要亲自采访吗？
　主编：……嗯……可能还需要亲自写稿。

■ 地理王

入座，
陌生人相互介绍。
身旁上海女生礼貌性地问我是哪里人。
浙江、温州、福建、杭州……猜完一圈之后
未中。
旁人提示：西南三省、盛产美女
女生大悟：我知道了！是甘肃！

■ 东芝动物乐园

索纳塔，
白色座套，
每公里 2 元。

司机和善搭话："你看这只蚊子，停在挡风玻璃上一整天了，还在脱皮。"
……
"我们这种车，就是容易招动物。"
……
"你座位下面，跑出过两只老鼠，把那个女乘客给吓得。"
……

“唉，如果那只猫没有被卷在发动机里，也许就能把那两只老鼠给吃了。”

■ 真正的记者

广东美术馆。
某男搭讪。
“你是学什么的？”
新闻
“在中国怎么能读新闻？”
……
“中国哪有什么像样的新闻学院？”
……
“别担心，真正的记者最重要是后天努力……你看白居易、你看齐白石，不都没读过新闻吗？”
……
“想看看我的书法吗？”
掏出一坨名片：
北京××××文史研究院研究员。

■ 事上无难事

华凌空调
又坏了。
还是没有什么大毛病，
就是夏天不制冷，冬天不制暖。

华凌维修部小姐终于接起电话
丫：“你怎么知道空调坏了？”

我：“不制冷。”
丫：“你怎么知道不制冷？”
我：“屋里开着空调，温度比室外都高。”
丫：“那你到室外去就完了嘛。”

真品

顾客：有英格兰真品球衣吗？
老板：有。
顾客：是正品吗？
老板：当然。你要耐克的，还是阿迪的？

第六届华语音乐玉米传媒大赏

1.
女主持念了一堆提名人：李克勤、陈奕迅、郑中基……
欲搞气氛，
“你们大声告诉我，最佳粤语男歌手的得奖人是……”
台下被张超放进来的玉米齐声：
“李宇春！”

2.
李宇春唱毕
众玉米退场。
非玉米也尾随退场。
场外电话不停打入：
“你在哪里啊？”
“还在看传媒奖啊。”
“不是完了吗？”

“不是还有崔健吗？”
“还有崔健吗？李宇春不是都唱完了吗？”

■ 你们继续

陈绮贞中大歌友会，
台下几坨男生用粤语大叫：“陈绮贞，我爱你。”

越到安可喊声越大。
陈绮贞抬头：
“我想想唱什么，你们继续。”

■ 《夜宴》

据说，
某大报制作调查问卷“你觉得《夜宴》_____”
A. 不好看
B. 难看
C. 太难看

■ 幸亏报社半年发次卫生巾

我：晚上开始有些吐血。
领导：这样吐怎么能行！不然……先去吃点补血的东西……再接着写？
我：时间不够……没关系……含坨卫生巾就好了。

我们这里有

部门年会。
重要游乐项目：海南万泉河漂流。
救生员兼导游工作认真负责，
最爱用“我们这里有……”句式。

1.
“我们这里有30多种鱼。你们猜，最好吃、也是最贵的一种鱼，是什么鱼？”
众人抢答皆不中。
导游嫣然一笑：“甲鱼。”

2.
导游：“我们这里有30多种动物。像野猪啦、狐狸啦、乌龟啦……”
我们：“我们看得到么？”
导游：“看不到。在你们漂流之前，我们就把这些动物吃完了。”

职业教育

某男，
实习期间好逸恶劳，
被开。
一个月后
走投无路，
问实习单位领导借钱。

领导：借钱干什么？

实习生：趁自己年轻，身体还行……想去当鸭子，就是缺钱买身行头。
领导：年轻人啊……应该怎么说你……记住，一定要注意多锻炼身体。

■ 电影里不都是骗人的

管理处派修理工
上门换灯泡。

修理工：哇！你买这么多碟啊？
我：嗯。
修理工：怎么全是盗版？
……
修理工一撇眼看到桌上的相机，
修理工：这是相机啊？
我：……嗯。
修理工：佳能 350D……单反做得太差。
……
修理工：哪天给你看看我的。
我：你的是——
修理工：知道 Leica 吗？
……
我：你不会是摄影家协会的吧？
修理工：你也想参加吗？我可以给你特批。

■ 请恕我很欣赏那坨“嘿”

网易高层，

出差商丘，
露宿某高级酒店，
预定叫床服务。
翌日，
丫被人摇醒，
一坨男人站在床前，
说：嘿，该起床了！

原来鲁迅，字班，号西西

美居中心一楼
往里走，
某装修队接待处，
门口摆放一坨硕大的鲁迅石膏头像。
上书：
“纪念杰出的设计师鲁班”。

墨西哥鸡肉卷、俄罗斯方块

墨西哥鸡肉卷摄影团在美术馆举行摄影展。
广州一日游。
翻译例牌提醒丫们小心钱包、注意安全，
摄影团异口同声：“你开什么玩笑？我们来自墨西哥！”

据说
墨西哥鸡肉卷摄影团中拍女子监狱那坨人，
最近几年唯一看的电视剧，
就是《越狱 2》。

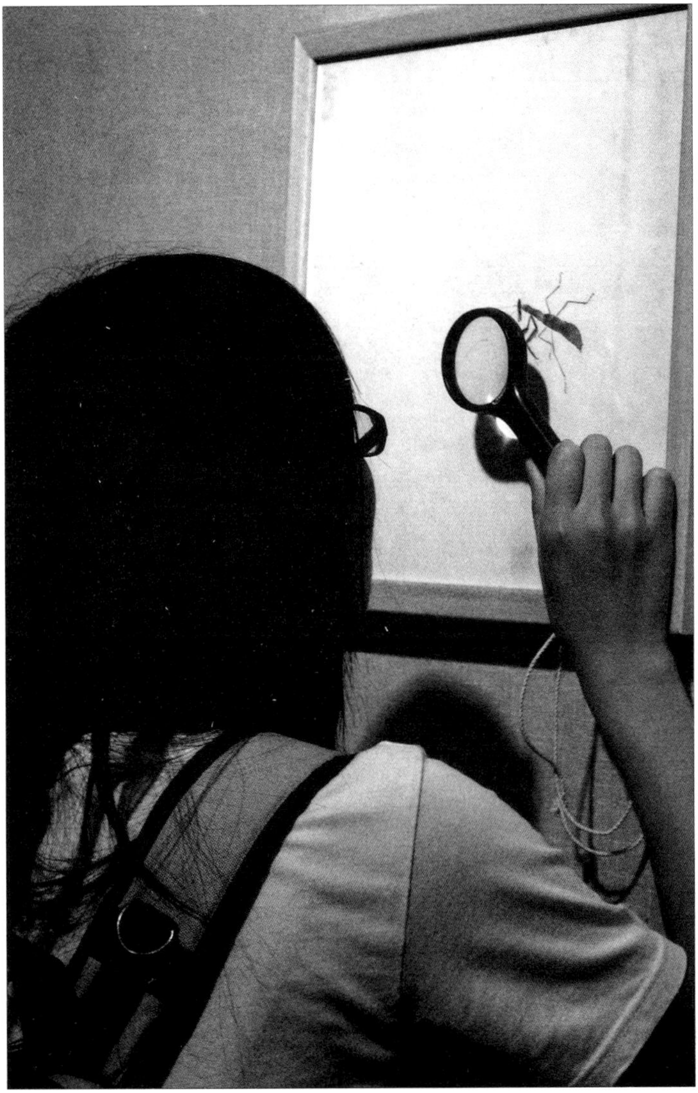

她看的是齐白石的画

我一直在期待这砣衣服升值，加油

■ 宅母女

我：干脆你来广州吧。
妈妈：不想动。
……
妈妈：还是你回成都吧。
我：不想动。
……
妈妈：你还是待在广州吧。
我：那你还是待在成都吧。

■ 宅女的境界

妈妈：（在电话里抽泣）楼下的保安好可怜。
我：……
妈妈：过年都只能吃方便面……想到你在外面
我：（转换话题）……你可以给他们送点吃的啊。
妈妈：我又不住一楼。
我：不是有电梯吗？
妈妈：懒得出门按电梯。

■ 学好加法，走遍天下都不怕

齐白石的虾虾
论只卖，
《四虾图》最高卖到 71.5 万元
折合人民币每只 18 万。

遂，

有人发现空位，
遂，
提笔帮齐白石补上，
遂，
画出一坨：
齐白石《五十四虾图》。
卖价
972万元。

——去索斯比秋季拍卖路上听到的八卦

■ 这是谁教的

凌晨4点，
机器人比我还像空姐，
在msn上上下下。

我：你不是该一直待着么？
机器人 代号055(759/3000)：1月15号 我们的钓鱼岛保卫军团，在此遭受小日本舰队阻击，总有一天我们会登上属于我们自己国家的领土。
我：不会其他台词了？
机器人 代号055 (759/3000)：我是机器人，不是三陪，我提供的服务有限。

■ 安全感

凌晨2点，
门口传来类似《杀死比尔》红十字架海盗杀人护士的

脚步和口哨。
正想扑在猫眼上，
突然想起门只有一扇，
虽然这是防水防火防砸不防帅的智能门，
但这正说明：
如果我的家里有水有火有小偷
外面肯定不知道。

Yeah！真安全！

■ 理解是一件渐渐深入的事情

人总是在发了工资的时候想起了挣钱不易，
于是三思后不行。
在挑选交通工具的时候，
才发了的工资就被洗劫一空。
此事
发生在某女身上 2 次，
某男身上 1 次。

今日，
纯属有病，
步行上班。
路遇大大小小层次不齐的小偷。
狼且回顾，
包包尚妥。
迎面走来一大一小又两小偷。
知道知道，
大的
遂做出从衣服里掏匕首状威胁。

我又没有发工资，
走的哪门子路？

中午，
饭饭归来。
跨出的士，
烈日当空热浪袭来，
新疆小偷们依旧坚持岗位，
没有空调，
还要穿两件衣服挡住刀刀。
还要面对坚持的士的众多 289 号成员，
小偷也不容易啊。

■ 原来我就是传说中的华佗

罗湖出关
往深圳火车站方向，
一坨残疾男躯干加四肢铺在路上。
以肚脐为圆心，
打转
要钱
把穿梭通道大理石磨得锃锃发亮。

终于忍不住，
将才照完徐克的相机掏出来，
启动。

残疾男以为遇到个出手大方的。
当他终于明白我是要照他

不是要给他相机，
而且连相片也不给（数码哪里来的相片？）

一跃而起，
腾到半空，
想起自己是残疾人，
于是想用手中钱罐砸我，
但里面有钱，
只好爬起来
做打我状。

一个残疾人
就这样站了起来。

当我渐渐走远，
他又残疾了。

■ 刷卡

上海，锅比盆大饭店门口。
我们座位后面
两坨中国女人同一坨外国男人言谈甚欢，
声音渐强，
传来 20 美金还是 100 美金的争论。

路人甲，
一斯文眼镜老男人，
凌晨 12 点上前
热情洋溢滴为他们充当翻译，
让我感觉到了上海夜不闭户的真实性。

通过路人甲的翻译
我们更加清楚地认识到
这是一个 visa 还是 cash 的问题。
外国男人说：
“我只有 20 美元现金，但是我可以刷卡给你。”

两女终于僵持半个小时之后
挥手向鬼佬说 bye bye，
鬼佬亦很有礼貌地说 bye bye。
毕竟大家都是礼仪之邦。

前行，
斯文男人坐在露天酒吧
怀抱另一女人。

■ 西红柿炒皮蛋

后海，文采阁，7 点，包场。
我们的包房位于 2 楼
文采阁图书收藏室隔壁。

席间，
M 让服务员加菜，
糖拌西红柿。
服务员非常严肃滴指出
他们的菜单上没有这道菜：
“如果要吃西红柿，
这里有西红柿炒皮蛋。”

“你这里有烟吗？”

表哥缓缓地问了。
还沉浸在西红柿炒皮蛋的服务员头都没回：
“有。”
“什么牌子的？”
“西红柿炒皮蛋。”

表哥大怒，
以掀桌子相威胁：
“我问你有没有烟！”
服务员转身就走。
不多久转身回来，
往表哥面前放了一碟盐。

道德、服务、态度、更年期、中国、美国……
表哥终于自己亲嘴去买了两包烟烟，
企图最后一次和服务员交流：
“你们这里有烟缸吗？”
服务员明显从来没有遇到过这些无理要求，
强忍住心头怒火
到厨房端出一缸盐：
“给你给你都给你！”

■ 方案

第一方案是——
日寇强暴我女卫生员时，我方开枪把日寇打死；
第二方案是——
日寇强暴我女卫生员时，我方开枪把女卫生员打死。

如第一方案送电影局审查顺利通过，

再改用第二方案。
因为
青年创作人员喜欢第二方案。

厂领导一致通过。

■ 看谁狠

某80后女生
请吃三文鱼腩。
抱怨：
“我们这些实习生容易吗?
出来实习，
家里的男朋友都被30岁的女人给抢了
害得我们只有去跟40岁的女人抢男人了。
好歹生个女儿出来，
把那些被抢走的男生，
都抢回来。”

我很想问：
“其实
生女儿留下的那个胎盘，
你是留着自己吃，
还是也可以给我？”

精彩试读

光明磊落的早衰卡通人儿
花枝招展的青年老干部儿

《俗话说》

东东枪 著

新书上市，抢先阅读

《俗话说》
东东枪　著
新星出版社
2010年4月出版
定价：25.00元

大悲咒

拉丁美洲的中南部有一片叫“纳嫩”的丛林。

纳嫩丛林中居住着一个名叫“纳库克”的原始部落。

“纳库克”在当地语言中的意思是“纳嫩丛林里的神奇人种”或者“纳嫩丛林里有魔法的人”。

纳库克人靠栽种一种名为“巴辛萨”的植物为生。

简单的劳动使得他们的语言也过于简单，所以，纳库克人没有文学。

但是,有一句诗,在这个部落中代代相传了千百年。

这句诗是他们全部的文学，是他们全部的信仰，是写着他们全部命运的秘咒。

如果用拉丁字母，这句诗应该写成——

kes hiw omens hid uom edemi a oxia oa.

如果翻译成中文，应该是这样一句话——

可是，

我们是多么渺小啊。

有主儿

Rio Ma说自己是：single，not available。且翻译成：单身，心有所属。

跟他说，我觉得更好的翻译是：单身，且有主儿。

他说，这个太矛盾了，不能太矛盾。

或者还可说成single，not capable。

可译成：单身，且无恋爱能力。

过敏性拧巴防治小常识

下边介绍一则青年健康小常识——

过敏性拧巴是春夏季节的多发病，多发于18–30岁的男女青年。主要症状是心悸、烦躁、憋屈、觉着自个儿特别好、看什么都不顺眼、干什么都不顺序、抽烟、喝酒、没头脑、不高兴等，偶尔伴随食欲性欲衰退（或亢奋）、轻度自恋（或自虐）倾向。据国际研究数据显示，该病目前尚无根治药物及治疗方法，但一般可自愈，亦不会造成更严重的并发症。

北京市和谐医院，不，协和医院拧巴科的科长李某说：身边出现过敏性拧巴的病人，或者自己出现相应症状，都不要惊慌，可采取相应急救措施，如，可当场抽丫二百大嘴巴，料应痊愈。症状严重者，用量可酌加。

说说笑笑有个意思儿

当家的，是个能人儿，
又会烧瓦，又会烧盆儿，
又会说是又会笑，
说说笑笑有个意思儿。

——京戏《乌盆记》里开盆儿窑的赵大他媳妇儿如此评价自己的丈夫。

古代妇女的择偶标准看起来靠谱儿得多。

可惜我烧瓦烧盆儿本来就不懂，现在连说说笑笑都不大会了。

【俗话说·一】

2007年6月21日，我在国内最早的微博客网站"饭否"注册了一个账号，并第一次回答了从该网站上线起就悬在每个用户个人首页上方的那个问题——"你在做什么？"

从那时直到2009年的夏天，两年的时间，作为这个网站最早的用户之一，这个问题我已经回答了6000余次。而在饭否这个网站上，选择"关注"我、固定阅读我的这些发言的用户，也已逐步增加到了32000余人。

这些发言自然不只是记录我在这两年之内的一切日常行动。我是把饭否当做我的札记本、摘抄册的——作为一个写字儿工作者兼段子爱好者，在饭否出现之前多年，我就已有摘抄随处见到的有趣文字片段、随时记录自己脑子里冒出来的一些散碎包袱儿的习惯，还曾一度坚持每天搜集记录各类搞怪MSN签名档。

我随时随地胡编出来的那些狗碎，加上到处搜集摘抄来的各类词句段落，不仅被我不断实时记录在我的饭否页面，也被我不定期地挑选、整理出来，以"言之有误"为名，张贴在我的个人博客【枪·东东枪的枪】之上。

"言之有误"这个名字是2007年9月第一次在博客上张贴这些发言的时候临时想到的，其时我在博客上的解释是：这些发言中"雅的少，俗的多；靠谱的少，不靠谱的多；真理少，偏见多"，故此才叫做"言之有误"。

以下这些条目，就是从我之前的【言之有误】系列中再度挑选整理出来的一些。

需要特别说明的是：以下文字中，那些没有注明作者、出处的条目，系我自己编造。相应地，凡属摘抄辑录的条目，皆已注明原作者、原出处。

只是，所选条目众多，网络语词传播的情况又头绪纷乱、脉络复杂，实在无法一一核对查实，因此，恐怕仍难免有个别条目有漏记出处、张冠李戴，或是以讹传讹的情况。疏忽失察之处，在此预先致歉。已注明的那些原作者，有很多是我的好友亲朋，也有一些素昧平生，也在这里一并致谢、致敬。

0001　圣上有旨，封我为天下兵马都糟蹋大元帅。

0002　在某图片网站搜索图片，输入“夫妻”，会自动转化为“异性恋情侣”。

0003　这么个时代，这么个世界，不得个抑郁症什么的你都不好意思见朋友。

0004　中午吃了冬虫夏草盖饭和软炸鹿茸，凉菜是拍灵芝，下午感觉稍微就有点上火。——地下天鹅绒如是说。

0005　每头胖子都是一个传奇。

0006　其实我主动结账的行为让我本人也深感惊讶。

图书在版编目(CIP)数据

我呸/奶猪著.—北京:新星出版社,2010.4
ISBN 978-7-80225-758-0
Ⅰ.①我… Ⅱ.①奶…②N… Ⅲ.①随笔—作品集—中国—当代
Ⅳ.①I267.1
中国版本图书馆CIP数据核字(2009)第159969号

我呸
奶猪 文+图

策划编辑: 于 少
责任编辑: 党敏博
责任印制: 韦 舰
封面设计: Nod Young
内文版式: 郑 岩

出版发行: 新星出版社
出 版 人: 谢 刚
社 址: 北京市西城区车公庄大街丙3号楼 100044
网 址: www.newstarpress.com
电 话: 010-88310888
传 真: 010-88310899
法律顾问: 北京市大成律师事务所

读者服务: 010-88310800 service@newstarpress.com
邮购地址: 北京市西城区车公庄大街丙3号楼 100044

印 刷: 北京凯达印务有限公司
开 本: 880×1230 1/32
印 张: 9
字 数: 50千字
版 次: 2010年4月第一版 2010年4月第一次印刷
书 号: ISBN 978-7-80225-758-0
定 价: 25.00元